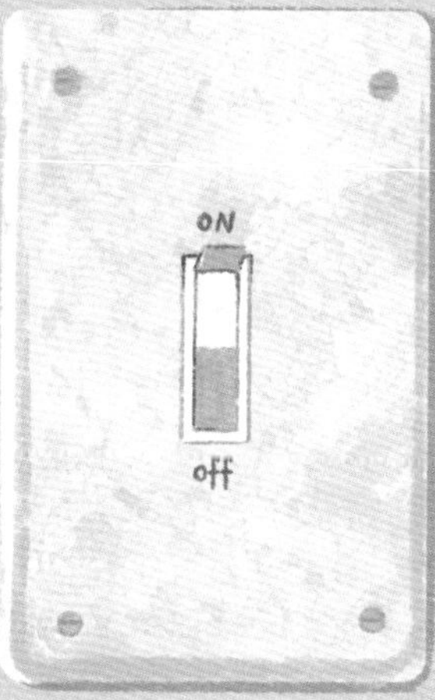
ON
off

ON
off

朝阳南路精怪故事集

康夫 著

南海出版公司

新经典文化股份有限公司
www.readinglife.com
出 品

序

关于生活在我们身边的精怪们

搬到朝阳南路居住的第二年，生活难得地安定下来。我和室友以及一只猫住在一起，开了一家事务所谋生，客户以人类为主，偶尔也有精怪上门。托猫的福，我们对城市里生活着的精怪们有了一些了解，认识了几位可靠的朋友，也听闻了不少新奇的故事。在一位编辑老师的鼓励下，我决定将这些故事写成集子。

“写作的第一要务就是按时完成，不能到了截稿日就人间蒸发。”编辑老师叮嘱，“要知道，不管你躲到哪里，我都可以把你揪出来的。”

“这您可以放心。写得好坏不说，人间蒸发这种事绝不会有。”我很有信心地回答。

人类和精怪共同生活并不是什么秘密，千百年来便是如此。彼此之间缺少官方的互相认可，只不过因为道不同不相为谋罢了。关于精怪们的踪迹，捕风捉影的传闻从来不缺。据我所知，真假各半。和人们以为的不同，精怪不一定是猫、老鼠、狐狸这些动物，也可能是蘑菇、生菜之类的植物，甚至可以是寿司、煎饺这样的食物。它们化身成人类的模样，隐居在人口密集的大城市中，如果没有特殊的契机，确实让人难以分辨。较真起来，人们很有可能发现自己的同事、邻居、公司保安、咖啡馆店员、健身教练……中间都混入了精怪的身影。在生活这件事上，它们和我们一样有现实的烦恼，并没有想象中那么离奇。

在我看来，有精怪参与的生活比只有人类的生活有趣得多，有精怪出没的城市也比单纯的人类城市更吸引人。人们害怕精怪的神秘与危险，然而真正遇到过它们的人类往往将其当作奇妙而珍贵的经历。

有人问我喜欢人的世界还是精怪的世界，坦白地说，我无法回答。人的世界错综复杂、悲喜交织，是一张纠缠的网；精怪的世界清晰简洁、爱憎分明，是一匹驰骋的马，一支离弦的箭。精怪有人的一面，但比人更彻底。它们遵从本性，认定了的事情就不会更改，从不瞻前顾后、患得患失；它们也有自己行为处事的准则，很少受到社会和道德规范的约束，好就好到极致，坏也要坏到尽兴。精怪的内心比人自由得多。

正如我的室友所说：如果人们知道自己身边生活着这么多动物，说不定会开心不少。毕竟，大多数人整天不开心，就是因为他们生活在人类的世界里。

这本集子里的故事，都是我从事务所的工作中听来再加工整理而成的。有些是当事人亲历，有的是转述见闻，因此大部分故事采用第三人称叙述，也有少数直接沿用了第一人称的口吻，混杂不一，只是为了保留原汁原味。

无论如何，我所能收录的只是人与精怪众多故事中的沧海一粟。毕竟，在这个我们并不了解多少的世界上，发生什么都不足为奇。

康夫

于 朝阳南路17号

目录 · Contents

归途快递

雪落在黑夜里，高速公路寂静无声。从碎裂的挡风玻璃往外看，只有车灯照射下的小片地面亮着。雪片在光束中垂直下坠，落地时悄无声息，融进广袤的平原。

陈祎犹豫片刻，放下手机。他知道这是一年中欢乐最多的时刻，高速交警值班室的人应该正端着饺子围在电视机前，拖车公司的人大概在打扑克，也许会赌一点儿小钱。没有人想接求援电话，在除夕的雪夜离开有暖气的房间。

明早再说吧。从他的视角看去，车窗外被撞断的护栏像两条灰色的蛇，冲向路基下的野地。“出入平安”的红色绳结一动不动地挂在后视镜上，红绳上拴着一只银锁。他试图把驾驶座放平，小睡一会儿，但被撞坏的调节把手纹丝不动。

车窗冷得像冰面。他伸手在外衣口袋里摸索，一无所获。副驾驶一侧的车头凹了进来，储物格紧贴座位，他花了一番力气才把它打开。经年累月积攒下来的杂物奔涌而出：停车场收据，加油票，零钱，坏了的蓝牙耳机，用了半包的餐巾纸，作废的钥匙串……没有香烟，也没有打火机的影子。他想起自己结婚第二年就戒了烟，心里叹息一声，松开安全带下了车。

带雪末的空气骤然钻进鼻腔，让人打了个激灵。路上仍然一辆车也没有。他记得去年新年时看过一则新闻，电视台找了一架小直升机航拍除夕夜里主要公路路况，结果空无一人。果真如此。

正这样想着，一阵车声由远及近，两束车灯转过弯道，车轮碾过细细的薄雪，发出轻柔的破碎声。是一辆深咖啡色的小货车，顶着一层毛毯似的新雪。

小货车放慢速度，司机摇下车窗，大声问："是你叫的快递吗？"

陈祎放下挡灯光的手，茫然地站在原地。司机又问了一遍，陈祎还是不知如何回答。

"啊？"他说。

司机熄了火，跳下车。强烈的逆光中，陈祎只看到一个身材粗短、体格健壮的轮廓。轮廓走出光束，一个魁梧男人站在了他面前：穿一件长途司机常穿的旧硬质皮衣，长方脸，眼睛细长，圆锥形的头上没戴帽子，留着板寸。

司机敲了敲车身上喷涂的公司标志——一只四足长尾动物手捧包裹，旁边一行艺术字写着“川山EXPRESS”。是快递公司的车。

陈祎连忙摇头：“没有，不是我。”说完这句话，他四下张望一番，忍不住问：“这种地方，这种时候，有人要发快递？”

司机没有答话，绕到车前面去看被撞瘪的车头。有护栏挡着，车子不至于冲下公路，不过，撞成这样，除了拖走也没有其他的可能了。他从皮衣口袋里掏出一张皱巴巴的纸打开，凑到眼前逐行审阅。

“家住朝阳区的陈先生，”司机一字一句地念道，抬头看一眼陈祎，“是不是你？”

陈祎一顿。“我是住朝阳区。”想了想，补充道，“不过，这是今天以前的事。”

“嗯？”

“之后住哪儿还不知道呢。”

“你上哪儿去？”

“我出趟远门。”

司机又看了一眼单子。“没错，是这么说的：要出远门。”

“但是我并没有快递要送。”陈祎说。

“那好吧。”司机把单子折好塞回口袋，“早收工，早回家。我走了。”

司机转身爬回车上，在他抬起胳膊的瞬间，陈祎看到他后兜里露出半包香烟。

“等一下，”陈祎犹豫道，“你有烟吗？”

司机一愣，爽快地从兜里掏出烟和打火机。两人靠着车子，各点一支，各自沉默。目光离开明亮的车灯，陈祎发现黑夜并不是他在车上看到的那样漆黑一团。当他张望它的时候，黑暗变淡了，绵长的高速公路、路旁广阔的田野、点缀其间的房屋、远处光秃的树木，像暗房里冲洗的照片一样显现出来。违背妻子的禁令吸烟，一开始让他有些不安，但很快感到了平静。

“其实戒了好几年，不知道为什么，刚刚想抽得很。”陈祎默默说。

“谁都一样，夜里开车困得要命。”司机深吸一口，张开双臂靠在车上，“偏偏公司规定工作的时候不能有烟有火。”

“运输危险品的话，是不能抽。”陈祎说。

“并不是这个原因，我们不做货运。”司机摆摆手，“说了你也不明白。这会儿无所谓了，反正也没有别的单子。”

“好吧。”陈祎说，“你们除夕也不放假？”

“是啊，夜间配送，全年无休。”司机抱怨，“早知道这么辛苦，还不如接着做以前的行当。”

“嗯？”

“以前做采矿。今年刚换的工作，都说跑物流比搞能源有前途。”

“说得没错啊。至少安全。”

“那可不一定！有时候遇到脾气大的客户，啧啧，拳打脚踢。”司机愤愤地说。

“还有这种事。”陈祎有些惊讶，心想哪行都不容易。不想打工的话，创业更难。对工作不满意，换一份就行了，如果创业失败，那就什么都得赔进去。对投资人吹的牛成了笑话，家人虽然不说什么，心里也是不满的。最倒霉的是妻子，不但经常要拿钱补贴家里，两个人还耽误了生孩子的年纪。

陈祎不想在这件事上继续想下去，随口问道：“你们到底运什么呢？不做货运的话。”

“这个嘛，”司机吐出一个烟圈，“严格来说，我们其实是服务业，不算物流业。我们承运的东西，就是客户本人。”

陈祎一时反应不过来。

“直白地说就是针对专属客户的个人长途运输服务。有的人想去一些不容易去的地方，有的人想见一些很久没见的人，于是他们就叫我们公司的快递，我们负责送他们过去。你明白？”司机说。

陈祎摇摇头。

“我就知道你听不懂。”司机叹一口气，“这么说吧，好比你这趟要出远门，离开之前有没有要叮嘱的事情，想再见一面的人？”

陈祎想了想，低声说：“没有，我没有惦记的人。”

远处的天空忽然绽放出一朵橘色的烟花，礼花弹的声音渐次响起，先疏后密，闷闷地像戏台上的擂鼓声。他们的前方是公路，公路前方是广阔的麦收后的原野，原野尽头是一条河，河的对岸有一排树。一朵又一朵烟花绽开在河岸上空，此起彼伏，照亮树和荒原。

“新年来了啊。”司机轻声说，“到了倒数计时、放烟花、吃饺子的时候了。”

“是的。”他说。如果在家里，这时候该关紧窗户，免得鞭炮烟涌进屋里。

司机搓搓冻僵的手，又在雪地上跺了跺脚。

“我走了。”他说。

陈祎低头看着自己的鞋面，上面已经落了薄薄一层雪花。在闪烁的天地之间，他感到心中难以抑制的刺痛。

“等一下。”他向司机的背影说。隆隆的礼花淹没了他的声音，司机没有听见。

“等一下！”他喊道，“我要送快递！”

“啊，什么？”司机回过头来。

“我有想见的人，”他说，“不过……我担心不好找。”

“反正，我们是寄件人付费的。”司机说。

“嗯。”

“那好极了。”司机露出愉快的表情，从皮衣口袋里又一次掏出那张皱巴巴的业务单子，以及一支秃帽子笔，一副公事公办的样子看着他。

“您贵姓？”

“我姓陈。”

“噢，对，这儿写着呢。”司机尴尬地咳了一声，继续问，“收件人地址？”

“我不知道地址。”陈祎如实说。

“啊？”

“我们有很多年不联系了。”

“好吧，收件人年龄。”

“我也不知道具体年龄。”

“啊？”

“她自己估计也不清楚。”

“那电话呢？”

“她没有电话。”

“谁会没有电话？”

“如果现在有了，我也不知道。”

“那名字总有吧？”

“名字……也没有。”

司机把秃帽子笔往单子上一扔：“陈先生，我们除夕夜里加班，挣钱不容易的。”

陈袆心虚地说：“但情况确实是这样。”

司机叹口气：“信息太少，找不到的。”

陈袆沉默了。

“但是！加钱可以。”

“……”

“加么？”

“加。”

司机往单子上写了几笔，将满满一页纸递给陈袆，指着右下角说：“这里，签字。”

借着车灯的光亮，陈袆看到最上面写着：“地址不详，年龄不详，姓名不详，各种信息都不详。”接着一页，全是收费明细。陈祎在右下角签了字。

司机拿回单子，折好塞进口袋。

“我先走了，再会。”他说。

“你不是要带我去找人吗？”

“什么信息都没有，上哪儿找？”

“那你刚让我签收费单做什么！”

“看清楚了没有，你签名的地方旁边，有一行浅色小字：如因客户提供信息不充分导致无法投递的，本公司概不负责，费用不退。”司机爬回了自己的驾驶座。

“你还要什么信息，我努力想。”陈祎压着怒火说。

“我要的信息，说起来简单，想起来可难。那就是，千千万万人之中，能把你要找的人区别出来的东西。”司机说。

陈祎陷入了茫然。

“我们只有一次机会，必须有独一无二的东西才行。”司机说，“你慢慢想，我先走一步。”

他连忙捉住司机的车门。

他想到了她的气味。她的脖颈间有一种特别的气味，多少年过去，他也不会搞混。可是，气味要如何才能形容、描绘？

司机见他不肯放手，又说：“或者，你有什么和她有关的东西也行。”

陈祎立刻说：“这个有。”

他跑回自己车旁，把半个身子伸进车里，取下了“出入平安”绳结上挂着的那枚银锁。这种银锁样子简陋，并不值钱，打造的手艺也不怎么精致，大概是某个乡下手艺人所为。两侧的云纹图案很难说十分对称，中间刻着“长命富贵”几个篆体字，倒是笔画清楚，没有写错。

“这是她给我的。”

“早说，这就容易多了。”司机接过银锁，挂在自己驾驶室的后视镜上，打开副驾驶的门，冲陈祎招招手，“上来吧，我们去碰碰运气。”

陈祎跳上车，司机却没有发动车子。

“怎么了？”

“我们需要热身。”司机说着，从座位下面抱出一只硕大的酒壶，陈祎吃了一惊。

“放心吧，不是酒，是饮料。”司机说着，鄙夷地看了看陈祎，“你不喝酒也能撞成那样，喝什么其实无所谓。”

司机打开塞子，一股奇怪的酸甜气味逃了出来。

他凑上壶嘴小心地喝了一口，立刻发出欢快的叹息：“真是难得的好东西，喝了这个，开车才有手感，找人才有运气。”他看一眼陈祎，并没有立刻把酒壶递过去，而是凑到嘴边又喝起来。这一次不同于之前的小心尝试，而是敞怀痛饮，咕嘟咕嘟咕嘟，陈祎眼睁睁地看着他一口气喝了一半还多。

“你慢点喝。”陈祎忍不住说。

司机又喝了几口，终于不得不放下酒壶缓一口气。他伸出舌头舔舔嘴唇，甚至舔到了自己的鼻尖。他依依不舍地把酒壶递到陈祎面前：“轮到你了。”陈祎接过酒壶，刚要把嘴凑上去，司机又急忙补充了一句：“别喝完，给我留一点儿！”

陈祎放下酒壶，有些着恼地瞪着他：“还给你，我不喝了。”

司机忙说：“你喝，你喝，不要生气。”

陈祎再次把酒壶放到嘴边，甜蜜的香气扑过来，他喝了一大口，呛得天翻地覆。司机连忙将他的后背一阵拍打，抱怨说：“说了让你喝，就不会跟你抢，你着什么急！”陈祎恼火地瞪着司机，然而咳嗽得厉害，什么话也说不出来。

“这是什么东西，这么辣！”陈祎终于开口。

司机指着壶身的一行小字："绿蚁牌啊！今冬新酿，蚂蚁汁。"

陈祎吓了一跳。"蚂蚁汁？"

"嗯，可不是一般的蚂蚁，是专门用来榨汁的绿蚁。用蜂蜜喂够七七四十九天，全身内外都是蜜糖味道了，才用来做饮料。所以闻起来甜得很。"司机陶醉地说。

陈祎连忙把酒壶还给了司机，整个消化系统都百爪挠心地别扭起来。

"不识货。"司机接过来，隐隐有些高兴，又自顾自喝了一气，"可惜没有火炉。这种酒，配上红泥做的小火炉，雪天喝一壶，比什么都强。"

他们身上热乎起来。司机发动车子，远光灯的光束忽然射出好远，他们突然加速，路旁的测距牌飞速后退，连成一道线。

"低头，抓紧！"司机喊道。

陈祎还没来得及低头，就看到眼前一片山崖般的夜幕迎面扑来，他们的车直冲着撞了上去。就像鼓槌击穿鼓面，他们穿破山崖，来到了夜幕的另一面。陈祎的脑袋磕在玻璃上，撞出一个包。

"接下来是平路了。"司机安慰道。

陈祎默不作声，绿蚁汁令他头脑发热，四肢飘浮。车子在公路上飞驰，又像走在隧道里，车轮和地面粗糙的摩擦声，像撕开一个包装精美的纸盒。

糟了，他想。眼前的纸盒被撕开以后怎样也无法恢复原状，让他手足无措。这是客人送来的纸盒，据说是一种叫作“蜂皇浆”的贵重补品，父亲说要留着年底时走亲戚送人情。他看到盒子上画着黄黑相间的巨大蜜蜂图案，好奇里面装的是不是会飞的蝴蝶。于是他打开了盒子——大失所望，里面只有一排细长的小玻璃瓶和吸管。他在忐忑中度过了一整天，不知道父亲下班回来会是怎样的反应。实际上他的担心是多余的，父亲又一次因为科研任务太重，睡在了实验室，压根儿没回家。

“是不是这个人？”司机似乎能看到他脑海中的回忆，高声发问。

“不是，这是我父亲。”他说。

司机咕哝了一声，继续往前飞驰。车灯晃眼，像舞台上的聚光灯。陈祎想起他上一次登台表演还是念小学之前，他扮演农夫庄园里的一只南瓜。母亲没有去看演出。

“我要加班，请假的话没有加班费。”母亲说。

“可是其他人的爸妈都来了啊。”他说。

“那是因为他们有台词，不像你，只是一只南瓜。从头到尾蹲在那里，有什么可看呢？”母亲说。

他沉默了。母亲为了安慰他，又说：“你演主角的话，我会请假来看的。”

这是舞台透露给他的秘密：人们喜欢的不是你，而是你当主角的样子。作为一只南瓜，还是早早下台的好。

“是不是这个人？”司机的声音再一次不知从什么地方传了过来。

“不是，这是我母亲。”他说。

“又不是父亲，又不是母亲，那会是谁？”司机的声音听起来很不满。陈祎感到尴尬。

“我说了，”他说，“是个连名字也不知道的人。”

“是是是，刚刚谁让你叫我抽烟！工作的时候不能抽烟，我本来鼻子就不好，一有烟有火，就更找不准了。况且，根据这玩意儿的信息，明明在附近啊。”司机连珠炮似的说，用下巴指了指后视镜上挂着的银锁。

“你再说清楚一点儿，是你什么人？”司机问。

陈祎看着窗外，他可以想到告诉司机之后对方脸上的表情，也可以想到接踵而至喋喋不休的好奇的追问——“太奇怪了，你想见的竟然是这样一个人。”正因为此，他从未向任何人提到过她。此时此刻，他同样不想开口。

司机等了一会儿，没有得到回应，只好换了一种提问方法。

“她以前的地址你有吗？”司机问。

“有。”他说。

“哪里？”

“我家……我的意思是，我父母家。”

“后来呢？”

“后来回她自己家住了。”

“我懂，女朋友，老婆，对吧。”

他感到司机的一双大手在他脑子里翻书似的，眼前哗哗闪过从小到大认识的女生的画面。他赶紧叫停：“不是，不是。”

“我知道，后来分手了，离婚了，分居了。对吧？”

“不不，根本不是这种关系。”

司机一脚刹车，陈祎的脑袋险些又撞了上去。

“我说陈先生，不是父母，不是夫妻，这种很难找的，都得……”

“都得加钱。”

“对。”

“那就加。”

“那你说说相貌特征好了。”司机无奈地说。

“嗯……灰色头发。人很高，力气大。”陈祎在脑海里慢慢搜索她的模样，他其实并不记得全部。

“灰色？”

“我的意思是，银白色。现在可能全白了。”

“啊！是个老人。”

“对。”

“那……还健在吧？”

“这个……我不清楚。”

“陈先生……”

“我知道，我知道，实际上，我有三十年没有她的任何消息了。”

“可是你看起来也才三十多岁。”

“是的。”

“哦，我知道了，是你祖母。”

陈祎没有答话。司机看他一眼，缓缓发动汽车，银锁有节奏地摆动起来。他已经想不起这枚银锁是怎样到他手里的。这件物事在他的记忆中似乎没有起点。某一天，她忽然消失了，留给他这个。他没有她的任何物品、相片、联系方式，只有把它攥在手里。绿蚁汁的效力绵绵不绝，他感到四肢又飘浮了起来，但硬邦邦的座椅和靠背硌得难受，让他的思绪无法从货车狭小的空间里逃逸出去。

“你既然跑长途，为什么不买一套座椅靠垫？”他挪了挪僵硬的身子，不满地问。

“什么东西？”司机好奇地看了过来。

“靠垫啊，一个垫在腰后，一个垫在脖子那儿，开车就不容易累。”他说。

“还有这么好的东西！我从来不知道，难怪医生说我腰椎颈椎都不行。”司机大惊小怪地叫了起来，“你有？”

“当然了。”他说。

司机转了转眼珠，没有吭声。他们依然在那条隧道般的公路里行驶，没有出口。

“你得想着你们在一起时的事儿，给我引路。”司机说。

“我想不起什么了。”他说。

“要你想的就是那些被遗忘的事啊。”司机的声音飘了过来。

陈祎很少回忆童年时的往事。他记性很好，但留在脑海中的只有斑驳的碎片，大部分事情都被他刻意遗忘了。他很少见到父母，大部分时候只有她和他在一起。早春时，她带他去摘白玉兰，把羊毫笔尖一样的花苞穿在曲别针上，别在胸前。那时蝌蚪还没有长出尾巴，还是池塘边水草丛里静静的墨点。到春蚕养得白胖的时节，她去集市上买回成捆粽叶，把那些绿色的剑卷曲折叠，塞上糯米，变成香甜的食物。在父母去上班的漫长白天，她把他抱到临窗的藤椅上站着，看窗前香椿树枝上的鸟窝里小鸟啾啾，楼下邻居扯皮打架。为此还踩坏了母亲心爱的藤椅。夏季天黑得很迟，他在楼下空地上一圈圈地飞跑，她不得不端碗跟在后面追。等他终于跑累了，家门口葡萄架下已经支好竹床，点起盘线蚊香，井水里冰过的西瓜也已切好。她的蒲扇巨大，像牛魔王和铁扇公主的法宝。夏末的蝈蝈叫声响亮，她开始准备炒南瓜子，收丝瓜，摘葡萄，等石榴和橘子上市。她在两只靠背椅子上缠毛线，准备织一件秋天的毛衣。漫长的冬季来临之前，她在墙角一排泡菜坛子里装满腌萝卜，在灰冷的天空下给他讲孙猴子，讲惊险奇异的传说。鸽哨破空而过，新年转瞬即至，他们在冬夜的炉子上烤糍粑，她教他做八宝果饭，在猪油白糖拌好的糯米上铺一层果脯纹样。每一个新年她都和他们一起度过。为什么她无家可归？他不知道。她从哪里来？为什么后来又离开？他也不知道。他记得许多片段，然而并不知道完整的故事。她大概也不会知道他仍然记得她。事实上没有人知道一个小孩子的记忆可以持续多远。他长大以后，父母曾经在谈笑间问他："小时候带你的保姆娭毑，你还记得吗？"

"不记得了。"他漠然地摇头。

"我就说，小孩子什么都不知道。"母亲一副果然如此的样子。

父亲开口："不应该忘掉，她照顾了你六年，她的名字是……"

"我不想听。"他打断父亲的话，放下碗回了房间。

他独自坐在房间的床上，想起她曾经和他一起在这张床上坐着，她教他数钱。

"一，二，三，四，五，六，这是乖孙的妈妈给娭毑发的工资。"她从里面抽出一张，放到一旁的布包里，"这一张给乖孙留起，读大学用。"

"好。"

"读了大学还回来看娭毑吗？"

"看。"

如果他还能再见她一面……他被一胳膊肘戳中，从散乱的回忆里缓过神来。

“别发愣了，终于要到了。”司机控诉，“这一路上好找！这工作真是性价比太低，明年必须改行。”

陈祎睁开眼睛，远远地，他看见了一片院落，砖墙深红，香樟嫩绿，麻雀在枝头蹦跳。职工们骑着二八自行车赶在下班的路上，车筐里装着菜和报纸。有人拿着饭盒去食堂，有人提着热水瓶去打水。他抓住司机的手：“从食堂对面那个斜坡下去。”

他们沿坡开下去，旁边有一堆高高的沙堆，几个放学的孩子在玩沙。前面是一片整洁的空地，有低年级女生在跳橡皮筋，高年级女生趴在凳子上写作业。空地四角种着樟树，高大的枝叶间挂着搁浅的风筝和羽毛球。围绕空地，三面各有一栋小居民楼，是教师家属宿舍。左手那栋的一楼，门前有一排整齐的小花园。倒数第二个花园里种着葡萄，已经爬了架，角落里有一棵桑树。

陈祎扒在车窗玻璃上，望着葡萄架入口。司机把车停在香樟树下，说：“我在这儿等你。按过第三次喇叭，你回车上来就行。”

“她看不见我的，对吧？”陈祎轻声说。

“这要看你肯多付多少钱……”司机摸了摸下巴。

“我已经签字付给你一大笔了。”

“这个嘛，前面那些都不算，我们重新约定。”司机狡黠地眯起狭长的眼睛，“我要从你所有的财产中挑一样东西，不过我不能告诉你是什么。不管我挑什么，你都必须答应。”

傍晚的微风吹拂着葡萄叶子，陈祎闻到了邻家厨房里飘出的饭菜香味。

“好。”他说。

司机爽快地打开车门：“成交。”

陈祎缓慢地穿过玩耍的孩子、下班的大人、蝉鸣、狗叫、锅铲的碰撞、蔬菜从水池里捞上来溅起的水声，向比回忆中小多了的花园走去。桑树比他以为的还要矮小，他不知道如此瘦弱的枝干如何承载晴天里晾晒的被子，而他又是如何藏身于叶片稀疏的树冠当中。记忆中的葡萄架是一副华丽的篷盖，绿叶肥厚，果实累累，足以让一家人栖身、赏月、吃西瓜，而眼前的小棚子低矮破旧，零落挂着几颗青果。

陈祎站在院门前，木条钉成的简易花园门只到他腰的位置。这扇门曾经很高，牢不可破，他必须高举双手，踮起脚，才能够到门闩。但复杂的门闩怎样也无法被两只小手打开，数次出逃只能终结于大哭一场，被大人拎回屋内。陈祎用手细细抚摸门闩旁的位置，小刀刻下的“小一”两个字依然清晰。花园门内是一条小径，尽头是蒙着绿色纱幕的客厅前门。陈祎向纱门望去，一个发福的矮小身影正在屋里弯腰收拾着什么，灰色的短发整齐地梳在脑后。眼泪涌上了他的眼眶。

他抬手打开门闩，想要快步穿过小径，可是他好像把全部力气都用在了忍住眼泪上，脚下迈不动步子。她的个头原来这么小，像桑树一样。回忆又一次欺骗了他。他记得她的胸脯是那样宽广，他张开双臂，才能从一头够到另一头。被抱在怀里的时候，他可以毫无阻碍地用脑袋和手和脸在她扁塌的胸口打滚，同时让身子紧紧贴住她温软发福的肚子，不用担心滑下去。她胸口那一片的确良的灰布，和灰布后面厚实的胸脯，是他回忆中最温暖的所在。

她看到了他，立马站起来打开纱门，快步向他走来。他张开双臂，想要把她搂在怀里。然而在她站起身来的这一刻，她忽然又高大起来，像记忆中那样强壮、宽阔，他必须仰视她才行。她笑眯眯地看着他，很快又看到了他脸上的泪涕俱下，显出同情又担忧的神色。

“小一，怎么哭了？”她皱起眉头。

他发现自己张开的双臂变成了两条高举的细瘦胳膊，她弯下腰，双手往他胳膊下一抄，就把他高高举起，让他趴在了自己肩头。他还没有来得及对眼前的变故做出反应，她已经行云流水般地将左臂往他屁股下一垫，右手往他腋下一扶，他不由自主地双腿一弯，稳稳地坐在了她胳膊上。

她把他托到和自己视线水平的位置，掏出手绢在他脸上揩了一把。

“乖孙，不哭，娭毑抱。”

在他们分别后漫长的三十年里，他从未再次见到她的脸。此刻笑容和皱纹都近在咫尺，做梦一样难以置信。他向她伸出手去，还没摸到脸，就被她一把捉住了。

“乖孙，不抓娭毑头发，刚刚梳整齐。”

她右手在他后背轻抚，他顺势趴到了她肩头。在那一瞬间，在干净的衣领、脖颈的皮肤、灰色的发尾之间，他闻到了那个味道。那个虚无缥缈、无法捉摸、尽管分别数十年仍然记忆犹新的味道，深深镌刻在他生命的最初、同样也将陪伴他直到旅途终点的味道。它无法用语言形容，无法用工具记录，无法用容器携带，甚至在漫长的思念之后，无法像流沙那样让他拥有短暂一瞬。他抓住她的肩头放声大哭起来。

哭声让她收紧了胳膊，将他紧紧圈在怀里，一面哄，一面轻轻摇晃着回到屋里。

“乖孙呀，刚刚已经好了，怎么又哭了？哦，我知道，我知道，因为爸爸妈妈没有去看幼儿园演节目，是不是？”她念念叨叨，打开了餐桌上的纱笼，里面放着一碗卤水豆腐干。

“不是！不是！娭毑坏的！”他着急地喊。他要告诉她这么多年分别后的事，告诉她他已经是大人了，专门回来看望她。然而他的目光被她手里的豆腐干吸引过去，不由自主地接过来放进嘴里。很快他的腮帮子鼓了起来。

“乖孙呀，坏的人都被派出所抓起了，娭毑是好的。娭毑昨天上午买青菜，特意绕路到幼儿园的小礼堂看你演节目。你演了南瓜是不是？娭毑看见了。好乖的一个，脸蛋又圆，额头中间还点了红点。从来没有见过这样好看的南瓜。娭毑没有照相机，要是娭毑有爸爸的照相机，就去把你的相片拍下来，天天带在身边。以后娭毑走了，看着相片，就是看见我乖孙。”

他哭个不停，但是嘴里塞满了豆腐干，一句话也说不出来。他曾有这么爱哭的时候？她用手绢给他擦眼泪，紧紧地把他抱在怀里。

“乖孙，今天要多笑一下，让娭毑记得你笑眯眯。”

他止住哭，眼泪还在往下掉，抽抽搭搭地说：“我，有好多事……要说……委屈……”

她揉着他的头毛，讲：“豆芽菜一样的细伢子，哪里有好多事委屈。”

他争辩：“不，你不晓得，我已经是个大人了！”

她笑了：“是哟，幼儿园已经毕业了，演了毕业节目，过完暑假，就是小学生了。”

他忙说：“不是小学生，是很大的大人，有很多烦心的事。”

她还是不明白他的话，笑话他说：“即使做了大人，也还是很年轻的大人啊！有很多日夜，去过烦心的日子。”

他不再争辩，时间有限，而他想重温的太多，好不容易平静了一些，他听见自己说：“我想吃萝卜条。”

“萝卜条是秋天晒的，现在没有啊。”

“我想吃烤糍粑。”

“糍粑是冬天烤的，现在也没有啊。”

“那现在有什么？”

“现在是夏天。乖孙，那些都来不及了，娭毑给你讲故事吧。”

她把他抱到竹子做的单人床上躺下，他不明白为什么要在这个时间睡觉。窗外传来汽车喇叭的催促声，他们两人同时往窗户的方向看了一眼。

他一下坐了起来：“不要听故事。”他还有很重要的事情没说。

但是她把他的小身体按了回去，让他把头枕在自己怀里。

“乖孙，娭毑给你讲，孙猴子给唐僧买菜……”

“又是孙猴子。”他被熟悉的质感包围，抓住她的手，像捻纱一样捻着她的衣襟。

“唐长老每天要吃菜，孙猴子每天就要买菜，一天不买，就没有菜吃。何解不让二师兄去买？二师兄猪八戒，最恨不得师父派他去买菜，买一提篮小菜，他路上要吃掉一半，袖子里还要笼两只火烧，等夜里师父睡了偷着吃。何解不让沙和尚去买？沙和尚人实在，不买火烧，不偷吃小菜，但是他箱子重，走得慢，等他买了小菜回来，师父已经饿得见了佛祖……”

夕阳照进了窗户，香樟树叶的气味飘了进来。他依稀听见屋外空地上，女孩子们在跳皮筋、丢沙包，男孩子在沙堆上打游击战，过不了多久他们就会被大人一一拎回家，因为院子里乒乓不绝的锅铲声已经响了起来。他感到眼皮发沉，这是危险的征兆，他赶紧清醒过来：“娭毑，你老家在哪里？我以后去看你。”

“我老家在乡下。”

“哪个乡下？”

“前面一片水田，屋后一棵槐树，就是我家。”

“再讲讲……”他的眼皮又重了，像乌云压境，模糊地说出最后几个字。

“乖孙要听娭毑的故事，娭毑就再讲讲。娭毑呢，以前是地主家的小姐，娭毑的父母，在家里养了八哥鸟。中秋晚上把八哥鸟舌尖剪掉一点儿，涂上人血，以后就会讲人话。乖孙，闭眼睛。娭毑大了以后，嫁到一个教书先生，生了三个毛毛。但是运气不好，三个毛毛都没留住，没过几年，教书先生也死了。娭毑只好到城里做事，在粮油商店帮人搬白糖。乖孙，两只眼睛都要闭。白糖口袋好高好大，娭毑两只手上都是糖。来买白糖的雅礼学校的幼儿园校长，看娭毑读过书，会念诗，会讲故事，让娭毑去当保育员。做了几年保育员，要搞运动，成分不好，不准照顾革命下一代。娭毑不想回乡下，乡下到处是教书先生和三个毛毛。幼儿园的校长看娭毑会带小孩，就介绍到老师们家里去当保姆。嫔驰一共带了二十三个小孩，头发就白了。准备回乡下养老，车票买起了，网兜子装起了，蛇皮袋也系紧了，这时候我乖孙的爸爸来了。乖孙的爸爸说，乖孙的妈妈要生小孩了，原来请的保姆突然来不了，临时要找人，找不到，让我去帮几天忙。我跟乖孙的爸爸到了医院，等了一天，乖孙生出来了，妈妈肚皮上挨一刀。本来只要帮几天忙，但是在产房门口一看到我乖孙，几天就变成了几个月，几个月又变成了几年……”

黄昏缥缈的光线在他眼前慢慢退去，饭菜的香气和屋外的喧闹也远去了，他落进柔软的黑暗中。窗外的汽车喇叭响了第二遍，他看到床上的小人儿软软地放松了身体，紧攥着嫔驰衣襟的小手也松开了。她把他挪到枕头上睡好，肚皮上盖一条枕巾。原来他是这样睡着的，原来她的一生是这样的，他想着，发现自己已经退出房间，回到了纱门外面。他扭过头去，看到司机冲他挥手：“上车走了！”

他最后看一眼屋里的陈设：四方饭桌，四张酱色板凳，一把藤椅，洋漆矮柜，五斗橱，两只暖水瓶。短短几步路，走出花园门。在关上花园门的一刻，他的余光瞥到了放在客厅纱门边的东西，他的心揪紧了。

那是一只红白蓝相间的蛇皮袋。他进屋之前，她弯腰收拾的，大概就是这只蛇皮袋。他记得它。他忽然明白了她为什么在这个时间哄他睡觉，在遥远的记忆中，就在上小学前的某一天，他一觉醒来，她就不见了。

不——

他赶紧去开门闩，想冲回屋内晃醒那个睡着的自己，但是门闩又变成了记忆中复杂的样子，按、扭、掀、转，怎样也打不开。汽车喇叭响过第三遍，她似乎也听到了喇叭声。他看到她直起身子，去拎门旁的蛇皮袋。他用力摇晃花园门，试图用脚和身体把它撞开——就像撞在一堵砖墙上。

“喂，喂——”司机打开车门，从驾驶室蹿了出来，“门关上就不能再打开了——”司机喊道。

她打开纱门，不知从哪儿刮来的风推得花园门哐哐作响。她望着花园门，定定看着空气中的某个方向。他看着她，停下推门的手，说：“我在这儿，开门，我在这儿。”司机捉住了他的胳膊：“走吧，车要开了。”他揪住司机：“她要走了，让我和她告别。”司机摇头。他说：“我知道，要加钱。”司机说：“多少钱都不行了。”他挥拳打在司机鼻子上，司机恼怒地用尖利的大手架住了他的胳膊："打工作人员要罚款的！"

她没有继续往前。她把包放下，又回到了屋里。隔着纱门，他看见她拥住了睡得香甜的小人儿，布满皱纹的脸贴在温热如果实的小脸蛋上。

"乖孙。"她说，"乖孙，娭毑走了。你读小学了，娭毑回乡下去了。"她从贴身口袋里摸出一样东西，拴在小人儿的手腕上。黄昏的光线中，他看见那是一块银制的长命锁。

司机松开了抓住他的手："你看，她和你告别过的。"

陈祎定定地看着她关上纱门，拎起袋子，穿过花园，打开门闩，从他身边走过，走向空地那边停着的一辆小巴。那辆小巴也是他记得的，每天早晚各一班，从单位大院开到长途汽车站。小巴司机跳下车，帮她把蛇皮袋扛上去。她也上了车，从车窗里往他的方向望过来。小巴发动了，驶出空地，驶向外面那条长长的小路，他所不能及的地方。车子转过弯去，他看不见她，她也看不见花园了。

他被司机拽上车，茫然地坐在副驾驶座上。车子发动了，他们又一次轻柔地行驶起来。

陈祎虚弱地说："你说过她看得见我的。"

"这得看你怎么定义了。本公司享有一切最终解释权。”司机大言不惭。

“我要投诉。”他说。

“别这样，”司机立刻放缓了语气，“你看，这么难找的人都被我找到了，多少也该谢谢我啊。”

陈祎的目光落在了晃动的银锁上，他把它摘下放进贴身口袋里。她的面容又浮现在脑海中，他转头望向窗外。

他们行驶在一片青翠的稻田边，天气明媚，阳光跳跃。白色稻花落在水里，虾蟹争食，蛙鸣不绝。小孩子的欢笑声此起彼伏。远远地，隔着水田的那端，他看到一排槐树，和槐树下错落的老屋。

如果她还活着，得有九十多岁了，他想。无论他说什么，在她眼里也永远是孩子，即使已经当了大人，也是个年轻的大人，还有许多日夜，去继续过烦心的日子。

他们回到了隧道里，继续赶路，没有再说话。当他们终于从隧道里钻出来，回到高速公路上，天空已渐渐亮了起来。夜色隐去了，雪后的原野蒙上了一层轻烟般的晨雾。北方广阔的平原上，有鸟在收割过的麦茬间觅食，远处的河流像一片浅灰色的绸布。河岸那边，褪光树叶的枝干深浅不一，枝丫间鸟窝清晰可见。再过一两个月，当绿色覆盖了这片灰原，鸟窝里又将热闹起来。

天光越来越亮，扫雪除冰作业车在高速公路上缓缓前行，马达发出有节奏的低鸣。穿荧光色工作服的道路维护人员陆续开始工作，往雪地上喷洒除冰剂。这是新年的第一天。

“真是漫长的一夜。”司机说。

“是啊。”陈祎说。

他们转过一个弯道，远远看见了陈祎被撞坏的车子。车子前面拉起了警戒线，警车、救护车、新闻报道车、拖车停在路边，交警和穿白大褂的医生穿梭忙碌。看来，早班巡视的高速交警已经发现了他昨晚惹下的麻烦。

“前面就是了，我把你放在这里。”司机说。

“他们见我不在车上，会不会算我肇事逃逸？”陈祎感到有些紧张，不知道会被扣多少分。

“这你不用担心。”司机停下了车。

“还不知道你怎么称呼。”陈祎向司机伸出手来，“贵姓？”

“免贵姓贾。”司机温和地说。

陈祎跳下小货车，向他挥了挥手，朝人群走去。两个年轻医生正从救护车上往下抬担架，警察扛着电锯在他的车门边忙活。电视台记者对着镜头直播新闻。

“昨晚除夕之夜，一名独自驾车的男子在京藏公路出京方向 218 出口附近发生车祸。被发现时，驾驶员情况不容乐观，车辆损坏严重。经过数小时奋战，救护人员终于拆下了卡住驾驶员的车门……”

几个人把被锯开的车门抬到一旁，小心翼翼地把卡在驾驶室里的司机解救出来——在那惊讶的一瞬间，陈祎感到十分迷茫，又似乎全都明白了过来。他感到身处旋涡，随即被巨大的吸力俘获，装进一个沉重的躯体。下一个瞬间，他的轻盈自如消失了，费尽力气也动不了一根手指。他努力把眼皮抬起一条细缝，模糊的人影从上方俯视他。

“他还有呼吸！”

“不可能。”

“少废话，快，给氧气……”俯视他的人手忙脚乱地说。

在救护车车门关上的一刻，他努力向来时的方向看去，雪后的公路舒展如绸，川山快递公司的小货车早已没了踪迹。

陈祎出院回家时，北方短暂的春天已经过去。他的腿骨和腰椎里打了好几颗钢钉，走路有些摇晃。前妻开车来接他。虽然在新年的前一天他们已经办过离婚手续，但发生了这样的事情，她还是承担了定时去医院照看他的麻烦。

按照离婚协议，他是搬出去的那个人。

“你可以先住几个月，过渡一下。身体恢复了，再出去找房子住。反正我已经搬到新家那边去了。”她说。

她扶他走出电梯，递给他一把新的门钥匙：“你知道吗？我把锁给换了，因为家里来过一次小偷。”

“什么时候？”他惊讶地说。他们小区的治安向来很好。

“就是新年后不久，没有丢什么值钱东西。”前妻说，“不过奇怪得很，所有的枕头都不见了。”

“什么？”

“无论是睡觉的枕头，床上的靠垫，沙发上的腰枕，躺椅上的头枕，还是餐桌椅子上的坐垫，统统不见了。”她说，“门窗好好的，根本没有小偷来过的痕迹。”

他愣了片刻，嘴角浮上笑意：“这个家伙，明明说只拿一样，结果全都顺走了啊！”

伤心阿豪往事

并不是所有精怪在人类的城市都生活得如意，阿豪就是个例子。他之前在三里屯有一家文身店，现在已经不再营业了。

阿豪姓朱，自幼喜欢画画，一心想去大城市闯荡，做一名文身师。

“文身师得跟顾客打交道，你对人类又不了解，怎么和他们相处呢？”母亲忧心忡忡。

“只要技术过硬，待人真诚，多为顾客着想，一定可以把生意做起来。”阿豪回答。

父母劝阻无果，只得按习俗将自己的好运尽数赠予儿子，送他离开家乡。

“遇到困难就摊开手掌，我和你妈的运气会陪你渡过难关。”父亲说。

也许真是运气的原因，不久之后，阿豪果然在城里盘下一间铺面，开了一家文身店。他把店面收拾得明亮整齐，开业后第一个星期五的晚上，终于迎来了第一位客人。这位客人穿着衬衫，戴着眼镜，斯文礼貌，他没有询问价格和图案款式，而是先检查了文身设备和消毒措施，露出惊讶又赞许的表情。

“很少有文身店把消毒措施做得这么严谨。”客人说，“早就想做个文身了，但满街都是那种乱七八糟的店，看着都不敢进去。”

原来客人是位牙医，因此对这些特别在意。阿豪稳住激动的心情，问客人想做什么图案，对方想了想，说：“文个麒麟吧，都说麒麟是才子。当年我也是才子，也骑摩托玩乐队的……唉，人到中年，活得跟个牲口似的，真没意思。”

阿豪懵了。他对人类的图腾文化没有太多了解，只知道龙凤虎豹，麒麟是什么？好像又叫四不像？阿豪偷偷打开手机搜索“四不像”，谢天谢地，图片很快显示出来。

人类的审美真是奇怪啊，阿豪想。

几个小时过去，阿豪圆满完工，牙医支起身子，从镜子里看到背上的图案。他沉默片刻，一个过肩摔把阿豪摔在了工作台上，左臂牢牢卡住阿豪的脖子，右手凝成一个拳头："我让你文神兽，你给我文牲口！"

阿豪颤抖着拿出手机屏幕，上面赫然写着：

四不像，马脸，鹿角，牛蹄，驴尾，学名麋鹿。

麒麟又称四不像，但四不像并不都是麒麟。

阿豪刚才匆忙，没来得及看第二行。

客人举起文身枪："信不信我用这玩意也能把你牙拔了！"

"我信！"阿豪当机立断，抄起一旁的花瓶，往自己头上拍了下去，不给客人动手的机会。

这是阿豪第一次当文身师的经历。这天晚上，他捂着破了口子的脑袋不知道该往哪儿去：该去兽医院，还是人类医院？他从小和气，完全没有打架受伤的经验。他茫然地摊开手掌，想念起父母来。左手是爸爸，右手是妈妈——请给我一点儿运气吧，他想。淡淡的金色光芒在他掌心稍纵即逝，他抬起头，看到了不远处有一个淡绿色的橱窗。

橱窗里，一个穿白色工作服的年轻女孩正在给一只打吊瓶的大狗准备晚餐，一旁还有几只猫猫狗狗，有的骨折了缠着夹板绷带，有的头上戴着不知道做什么用的透明罩子。大概是在养病的缘故，它们几个显得百无聊赖，但一见到女孩手中的晚餐，又都纷纷站起来探望，像极了阿豪小时候闻到母亲做饭香味时的神情。阿豪露出笑容，久久驻足。就在这时，橱窗里的女孩抬头看到了他，吃惊地睁大了眼睛。

一定是流血的伤口吓到了她。阿豪连忙挡住脸，快步要走，那个女孩已经急匆匆地跑了出来。

“你怎么了？”她站在阿豪面前，皱眉盯着他的脑袋，“要不要去医院？”

“我……我以为这就是医院。”阿豪语无伦次地指了指“宠物诊所”的招牌。他完全没想到人家会和他说话，一点儿准备也没有。

女孩一愣，晴朗地笑了。“这是给猫猫狗狗看病的医院，又不是给你看病的。不过……我可以试试。”

她踮脚看了看阿豪的伤口，说：“医生已经下班了，我还在实习，你的伤口不深，不用缝合，我可以帮你上点药。”

阿豪老老实实地跟在她身后进了诊所，她拿出一些瓶瓶罐罐给他上了药，又剪了一块纱布，用胶带贴在他的脑门上。阿豪没顾上说谢谢就落荒而逃，他不知道她的名字，只记住了她瘦瘦小小，眼睛很大，看上去像一只小鹿。

伤好之后，阿豪吸取教训，整理出一本“热门图案合集”，确保不会在同一个地方跌倒两次。他渐渐有了点生意——有人要把顶头上司的名字文在脚底，天天踩着图个开心；有人想把一串数字文在胸口，每周都用这个数字买六合彩，心诚则灵；还有人要求文一个“稳”字，希望自己打游戏顺利晋级……阿豪虽然一头雾水，但一一照办，客人们十分满意。

“你和人类相处得还好吗？”母亲问。

“好极了。”阿豪说。

阿豪用赚来的第一笔钱买了许多苹果。他听说小鹿爱吃苹果，那是不是长得像小鹿的女孩也爱吃苹果？他去宠物诊所想找那个女孩道谢，可是她已经结束实习，离开了那里。

“实习的意思是只在这里工作一段时间，之后再也不会来了吗？”阿豪问。

“是的。”医生回答。

阿豪抱着苹果往回走，一路走一路吃，他从来没有一天吃过这么多苹果。

春去秋来，阿豪继续经营他的小店。过了几天，店里来了一位大哥，五十上下，花白寸头，方脸酒窝，机车皮衣。大哥进到店里，先是感叹："这年头，文身店都整得跟咖啡馆似的，江湖已经不是咱的江湖啦！"

他脱了上衣，趴到工作台上，露出几道多年前的刀疤。阿豪自从被斯文大夫痛揍，也就不觉得壮汉有多可怕，主动打开图册翻到青龙那页，问要不要来一条。大哥只瞥了一眼，便摇了摇头："老哥金盆洗手啦！还文它干吗。我像你这么大的时候就在街面上混，一晃半辈子，现在除了绝症啥也没有。老哥哥我，年初在郊区弄了个院子，临着水库，只想种菜、钓鱼、吃饭、晒太阳，知足常乐，多活几天，懂吗？"

"那给您文个啥呢？"阿豪并不懂。

"猪！"大哥毫不犹豫。

"猪？"阿豪完全不信。

"对，就要猪，生猪，肉猪，土猪，黑猪，都行！我算活明白了，成龙成凤都是一场空，猪最好，最富贵，最安稳。"大哥看破红尘，掷地有声。

阿豪掏出手机，打开一张毫无修饰的生猪图片，放到大哥面前："确定？"

"对。你动手吧，我阎老三从不反悔。"大哥说。

阿豪只好动手。尽管话说得明白，他仍然有些紧张，唯一能做的就是一五一十按照图片描下来。当阎老三从镜子里看到自己背上那只大白猪，发出了豪迈又苍凉的大笑。

"我很满意，"阎老三说，"凑近点，让我看看那猪屁股上是什么花纹？"

阿豪松了口气，把镜子凑了过去。阎老三看清了，那是一个蓝紫色的长方形，里面写着四个字：定点屠宰。

阎老三沉默了，点燃一支华子。

"你知道我还不想死对吧？"他问。

阿豪知道大事不好，但他完全不知道客人的态度为什么忽然发生了转变。人类的想法真是不可捉摸！

这是阿豪第二次当文身师的经历。他花了一个星期，才把店里恢复到被砸之前的模样。他的脑袋又被打破了，这次他有经验了，学着那个女孩的样子，自己给自己上了药。

阿豪不是没想过关门回家，但他不忍辜负父母送给他的珍贵的运气。每当他摊开掌心，那些饱含祝福和关爱的运气就散发出温暖的热量，默默支持着他。

阿豪决定继续开店，但无论是斯文精英还是威武壮汉，一律不再接待。既然客人的心思无从得知，他宁愿选那些即使不满意也不至于动粗的顾客。他重新做了一本热门图集，重新设计了图案，专门服务女性顾客。

好运眷顾，接下来几单果然顺利。女孩子们兴致勃勃地翻阅阿豪自创的图集，连连赞美他的创意，还会不时体贴地说一句“辛苦你了”。一传十，十传百，阿豪的店很快有了名气，来找他的顾客必须提前预约才能排上号。

夏去秋来，一个星期天的晚上，店门被突然撞开，一阵凉风卷进来一个娇弱的女孩。

“我要文身，帮我文身！”女孩哭着说。

阿豪从没遇到过这种状况，结结巴巴地问：“你想文什么呢？”

“彭于晏！”女孩说。

“什么燕？”

女孩在椅子上坐下，将散落脸上的长发拢到耳后。阿豪忽然呆住了。她就是诊所里的那只小鹿！她眼睛红着，鼻子红着，嘴唇颤抖，脸上还有泪痕，可千真万确，阿豪绝不会弄错。

“他可以把前任女友文在身上不洗掉，我也可以把天下最帅的男人文在身上。看谁比得过谁！”女孩又哭了。

阿豪想了几秒钟，明白了她的话：她有一个男朋友，他们正在闹别扭。这也是他从未经历过的状况，准确地说，他并不太清楚这是什么状况。

“到底要怎样才能让他忘掉前任呢？”女孩亮晶晶的眼睛望着阿豪，并没有认出面前的人来。阿豪也完全没想到要提他们见过的事，一心只想怎么帮她解决难题。忽然间，他灵光一闪：他可以给她一些运气呀！

他想起了离家之前父母将好运送给他的场景，想起了故乡的草坡和森林，想起了他还是个无忧无虑的小崽子的时候，东倒西歪地躺在火塘边，听那些活了五百年的老家伙们讲的事——

“……我们这一类，非常了不起。浑身是刺，却从不主动进攻；看似难以接近，其实温和善良；不容易交到朋友，但从不背叛他人……每只豪猪身上都藏着一根最珍贵的棘刺，可以用它把自己的好运转移给别人……”

女孩已经不哭了，静静地坐在一旁。她是谁、她和别人有着怎样的关系，都不重要，此时此刻，阿豪快乐极了：他可以帮上忙！

“我知道有个幸运图案，文上它就有好运气。”阿豪肯定地说，“伸手，我画给你。”

对任何一只豪猪来说，这都是一个重要的时刻，不能草率。他屏住呼吸，用笔把图案画在了女孩掌心。

“是什么呀？”女孩看着自己的手掌，惊讶地僵住了。她猛地抽回手，用力将阿豪推开，哭道：“你怎么这样！怎么谁都来笑话我，捉弄我……”她抓起外套夺门而出。

阿豪茫然地站在房间中央，任由冷风吹着他的脑袋，不知道自己做对了或者做错了什么。他的掌心文着父母的模样，他给女孩的掌心画上了自己的模样，这就是豪猪们自古以来把好运送给别人的方式。

不知过了多久，轰鸣的发动机声由远而近，一脚刹车停在了文身店门口，跑车上下来一个怒气冲冲的年轻男人，一根手指戳到阿豪鼻子上。

“是不是你！对，就是你，竟然想把自己文在我女朋友手上，你不想活了么！”男人一脚将阿豪踢倒，一挥手，两侧冲出来几个帮手，一顿暴揍。跑车上匆匆忙忙地又下来一个人，是那个女孩。男人心疼地安慰着她：“没事了，都过去了，明儿我就把我那旧文身洗了。这破事儿闹的。”

活了五百年的老家伙说的没错，双手抱头躲避拳脚的阿豪心想，好运气确实能传递。他刚画了个草稿，还没动手，男朋友就回到了她身边，她的愿望实现了。

阿豪知道自己这回要完，然而对方脚下一滑，拳头落空，阿豪本能地缩起身子往后一退，铆足力气猛地向前一扑。这一下力气之大，直把对方顶到落地玻璃上，哐当一声巨响，众人都吓了一跳。这给阿豪增强了信心：真要打起来，人类哪是豪猪的对手！阿豪不假思索，弓起身子向后撞去，反身一拧，将另一名敌人摔进了文身用的工具堆里。那家伙手背上扎满钢针，号啕大哭。敌人见势不好，拔腿想逃，不料撞碎了已经松动的落地玻璃，摔在玻璃碴子里，扎了一身碎刃。阿豪撞向第三个敌人，对方被他一直撞到了绿化带上。

开跑车的男人目瞪口呆，裹着女孩躲进车里，噌地开走了。

阿豪喘着气，看着乱七八糟的店面。他头上流着血，肋骨断了一根，脚也一瘸一拐。他觉得委屈，但知道一定是自己做错了什么在先；他觉得愤怒，又后悔自己愤怒得不够彻底，没有向对方问个明白；他觉得这一架打得痛快，又觉得自己愚蠢透顶，打坏的是自己的铺面。他咬着牙，忍着痛，掩上撞坏的门，拉来一条毯子，躺在客人用的工作床上睡着了。

阿豪以为自己会永远睡下去，但第二天一早，他就被叫醒了。一个不知从哪儿冒出来的老头站在店门前，一边核对门牌号码，一边疑惑地看着满地狼藉。

“请问你这里是阿豪文身吗？孙女给我从手机上找的，说你们这个店评价高。”老头递过来一串数字，“能不能给我文在胳膊上？不用太大，但得靠手这头，这样容易被人看见。”

阿豪见过了不少奇奇怪怪的要求，仍然猜不出这老头想干吗。

“是我儿子的电话号码，”老头解释，“老年痴呆了，说不准哪天出门遛弯就找不着家。号码文身上，人家看见了打个电话，我不就能回去了吗？”

阿豪怔住了。他也曾经是有家的，城里一天，村里一年，他在这里这些日子短得跟什么似的，他的父母却已经老了许多年岁，浑身的刺都白了。那些被煎熬的辛辣酸涩淹没了他的胸腔，他现在既不愤怒也不委屈，只想大哭一场。

“我这主意怎么样？”老头有点得意，又有点不放心。

“还行。”阿豪让老头在客椅上坐下，叮嘱道，“胳膊放这儿，头冲那儿，别看，头次文身的人容易吓着。”

“嗨，哄小孩似的。”老头乐了，听话地把头转向另一边。

阿豪取出一根金灿灿的长针，他没有画草稿，也没有什么构思设计，只是低着头，心无旁骛地写下了一串数字。文的不是自己的样子，不知道运气是不是也能传递？他没有把握。

一道金色光芒拂过字迹，隐入了黑色的笔迹之中。

阿豪感到既疲倦又如释重负。了不起的人类的城市，他来过了，被骂过也被夸过，被打过也打过别人。他始终不了解人类，也不想再去了解。他不再是过去的自己，也没能成为曾经想要成为的模样。他是一个失败者，他知道了这一点，现在他要回去了。

这就是关于阿豪的最后的消息。那天晚些时候，顾客们注意到预约电话无人接听。第二天，点评网站上的店铺条目也消失了。再往后，邻居们发现文身店早已人去屋空，店里收拾得整整齐齐，什么也没留下。没有人再问起阿豪了，毕竟，这座城市最不缺的就是过客。

鲜美的汤

阿七在国贸附近有一家饭店。

听起来很厉害，其实只是卖快餐的半地下室。这一带有许多辛苦的公司小职员，合租的房子没有厨房不能自制午餐，一点点月光的薪水又吃不起 CBD 光鲜的餐厅，所以一到中午都来阿七的店里，排长队买快餐。

阿七的店人气很高，但铺面租金更高。他曾经有过一个炒菜的厨师、一个收银员和一个盛饭洗碗的小工，但渐渐只剩他自己。在租金和工资都水涨船高的今日，阿七要想不亏本，只能自己买菜，自己烧菜，一手收钱，一手盛饭。

阿七在店里住，这样他就能把店开到很晚，吸引那些加班的员工来吃宵夜。除了加班族，被吸引过来的还有流浪猫。来得最勤的是一只姜黄毛色、面相凶悍的土猫，眼睛滚圆，胡子坚硬。阿七从剩下的饭菜中挑出一些清淡的给它。

“都凉了，凑合吃吧。”他把饭菜拌好，将小碗放在地上。

天气很冷，再过不到一个月就是新年，阿七却迟迟没有定下回家过年的事情。转过年去，铺面租金说什么也得再涨，餐馆恐怕开不下去。如果就此回了老家，真是漂泊多年一事无成，可赖在这里，又不知道还有什么糊口的机会。

总之，这家店是不打算继续了。

那个顾客是在一个星期五的晚上光顾的，十点左右，风很冰。周五晚上生意稀疏，加班的人比往常少，平时只能吃快餐的职员们也会去好一点儿的馆子奢侈一下，所以阿七并没有准备宵夜。天气太冷，他发了一会儿呆，打算烧一壶热水泡泡脚，早点儿睡觉。

就在他准备打烊的时候，那个男人出现在店门口。他个子偏小，身材敦实，身上穿着小公司员工常穿的工服，一只手拎着旧电脑包，另一只胳膊上搭着一件棕黄色的大衣。

“还有吃的吗？”小个子男人的声音既低沉又尖细，像一种奇怪的混合。

“今天不剩什么了，都卖完了。”阿七并没有要留住这位顾客的意思。

“一点儿都不剩了吗？多少让我吃一点儿啊。”小个子男人的眼睛滴溜溜地在空盆里瞄来瞄去，失望又不甘。

“还有一点儿米饭，”阿七说，“你愿意就吃了吧，不收钱。”

“啊！这里有一盆汤！”小个子男人没有理会阿七的好意，而是对着旁边的一盆汤惊呼起来，圆溜溜的小眼睛射出兴奋的精光。

这是盒饭套餐里附赠的例汤，现下只剩一个盆底。汤已经凉了，两片绿叶和一角西红柿漂在捉摸不见的蛋花旁边。

“给我来一份这样的汤吧！如果还有米饭，那就太好啦。”小个子男人热切地说。

真是不讲究的客人啊，阿七心想。他找出一只瓷碗，盛上米饭，放进蒸锅加热，又打开炉子了，把盛菜汤的盆放了上去。

小个子男人端端正正地坐在离厨房最近的椅子上，眼睛发亮地看着阿七准备饭菜。他的两只手充满期待地搁在桌前，十根灵活的手指互相轻叩，仿佛在期待一场无比盛大的美味。

很快，蒸锅上了汽，带着米饭香味的蒸汽袅娜地在灶台上聚成一小团云，在厨房黄色灯光的映照下，好像一蓬金色的棉花糖。盛汤的大铁锅渐渐也有了温度，一层薄薄的热气从汤里升起，若隐若现地贴着水面盘旋，就像晨雾笼罩的湖面。忽然间，一小片鸡蛋因为锅底的热度往上蹿了一下，就像湖底跃起了一条小鱼。热气更多了，湖面的雾浓了，在这浓雾中，青菜的碧绿和西红柿的鲜红变成了茂盛的水草和盛放的红莲花。哗啦——一只长柄大勺跳进湖里，捞上一大勺热汤。

“汤。”阿七往碗里舀了两大勺汤，端到小个子男人前面。

“还有饭。”他揭开锅盖，往热腾腾的米饭上滴了几滴酱油，也端到小个子男人面前。

汤和饭被蓬勃的热气笼罩着，小个子男人鼻翼微微颤抖。他搓了搓手，拿起筷子。

“蘸酱油的米饭，热乎乎的汤——这样的周末真是太美好了啊！”他由衷地赞叹。

小个子男人仔细又喜悦地吃着饭食，好像既舍不得把它们快快吃完，又恨不得能一口吞下肚去。不多一会儿，他心满意足地抬起头来，面前是两个空空的碗。

“在这一带还没喝过这么好的汤呢。”小个子男人说着，从小小旧旧、方方正正的钱包里掏出二十块钱递给阿七。阿七觉得很不好意思，只是喝了一点儿剩菜汤、吃了一碗剩饭，怎么能收一份套餐的钱呢。

“不用给钱。”阿七摆了摆手。

小个子男人吃了一惊：“你真是一位好心的店家。”

他把钱包收了回去，但没有起身离开，而是抓耳挠腮，似乎想说什么难以启齿的事情。

“你可以告诉我这么好喝的汤是怎么做出来的吗？我一定会保守秘密的。”他终于开了口。

阿七更不好意思了。他只好实话实说，讲了店里只有他一个人、一眼灶、一口锅的事，也讲了自己是如何在没有时间洗锅的情况下，先炒鱼香肉丝，再炒麻婆豆腐，再炒青菜，最后烧汤的过程。小个子男人听得非常认真，他从方方正正的电脑包里拿出了一本方方正正的笔记本，仔仔细细地将阿七说的烧汤过程记了下来，不时露出恍然大悟的表情。

“要烧这样一锅汤，果真要花好多心思！”小个子男人总结道，“要铺垫整整三份菜，让锅充分吸收它们的精魂，然后才能开始烧汤。”

阿七听糊涂了，这不是实在忙不过来才想出来的偷懒法子吗？怎么成了秘方了？

“不对不对，”小个子男人一本正经地说，“这样烧出来的汤有丰富的味道，看起来简单，其实有好多学问。”

阿七还是很迷糊：“你刚刚说……它们的精魂？”

“是啊，所有食物都有精魂。”小个子男人说。

他合上笔记本，放进电脑包，拉上拉锁，掏出大衣兜里的怀表看了一眼，对阿七说：“承蒙款待，没有什么可以交换的，不如让我也请你喝些汤吧！”

“不用客气，你快回家吧，一会儿地铁就停了。”阿七忙说。

“真的不要吗？我们那里的汤馆很有名的。”小个子男人对阿七的拒绝感到十分惊讶，好像从来不会有人拒绝这样难得的机会似的。

这样一来，阿七就有点难办了。他从来没有接到过邀请，也不知道该怎么婉拒人家的好意。他看看门外，马路被冻得硬邦邦的，写字楼黑漆漆的窗口没有一丝温暖的气息。

“你们那里是哪里呢？现在已经很晚了，恐怕关门了。”阿七说。

“就在附近，不远的。如果我们抓紧一点儿，还能在打烊之前赶到。”小个子男人坚持道。

如此，阿七只好答应。

“你最好穿上外套，外面冷得很。”小个子男人说。他穿上厚重的棕黄大衣，竖起领子，戴上兜帽，看上去像一只缩小了的熊。

阿七也穿上了清早买菜时穿的旧外套，那是一件内侧有绒、夹层有棉的暖和大衣，足以抵御凌晨五点批发市场的冷风。这件外套还是很久很久以前，他还有祖母的时候，他们一起买的。

夜深了，街上已经安静下来，空洞洞的路上一个人也没有。天气格外地冷，让阿七想到了故乡，那里森林葱郁，冬季寒冷，山民需要用毛皮做三层领子，再在里面衬一条毛线围脖才能过冬。祖母每年都会给阿七织一条新围脖，她的手艺很好，围脖既紧实又不扎人。他想起他们一起度过的最后一个新年，他从学校放寒假回家，满心期待地要用做家教挣的钱给她买一件新大衣，他们到了镇上，但最后没有买成。她舍不得花钱。

“还是先给你买吧。”她说，“等以后你有钱了，再给我买。”

他是一个不懂得如何推托的人，于是新的大衣就穿在了他身上。他穿着新大衣，系着新围脖，吃着祖母做的打糕度过了新年。如果当时坚持一下就好了——后来他总是懊悔，希望这件大衣能穿在她的身上。

“这边走。”小个子男人领着他往写字楼群的深处走去。沿途小店早已打烊，寒风吹过空街，卷起稀疏的落叶。没有了白天路上的尾气，夜晚的空气闻起来比平时更冷。热气从阿七的衣领、袖口、拉链缝隙、扣子与扣子之间的缝隙、针脚的细微空洞里溜走。他把双手插进大衣口袋，缩了缩脖子，脚下冻脆的落叶发出被踩碎的沙沙声响。

不应该在这么冷的夜里出来，阿七想。他应该好好卖一阵儿宵夜，然后锁上门窗，钻进被窝，闷头睡觉。好歹他现在也是有店面的人，总好过刚来北京时住红砖平房的境况。老式平房没有保暖层，一到冬夜，寒风就从所有的砖缝钻进室内。那时他的理想是买一床电热毯。

不过话又说回来，谁想得到今晚有这么冷呢？恐怕是来了寒潮。

他们走了不短的一段路，车声隐去了，夜店繁华的招牌也抛在了身后。灯光变得暗淡稀疏，月亮不见踪影，两旁的树多了起来，脚下平整的水泥人行道渐渐成了砂石路。

“我从没走过这里。”阿七说。

“一般人走得少。”小个子男人回答。

“你说的那家店，我也从来没听说过。”阿七又说。

“那是你知道得太少啦。汤馆卖的是百年老汤，大家赶好远的夜路，就为了在冬天夜里喝上一碗。”小个子男人骄傲地说。

阿七努力思考，想不起附近有这样一个地方、这样一条小路。他冷得牙齿发颤，脸颊冰凉，向周围看去，浓郁的黑暗让他辨不清物体。他想停下来记路，但只要稍稍慢下脚步，就再也跟不上小个子男人了。

“跟紧我，不要迷路。”寒风中传来小个子男人沉稳严肃的声音，阿七赶紧收回东张西望的目光，紧跟在他身后。

风越刮越大。他们走进浓稠的寒夜，就像走进一团黏糊的黑墨水。如果他在黑夜里有影子，影子会被风吹歪，如果他有手电，亮光也会被吃掉。阿七什么也看不见了，不知道哪里来的猛烈寒风把他吹了一个跟头，他不由自主地抓住小个子男人的大衣。冻得麻木的手掌上传来粗糙的质感，阿七以为自己抓住了一头野兽。

“这是风口，想一件不会被吹走的事情！”小个子男人大喊。他的声音像几张纸片，被吹得支离破碎。

寒风钻进阿七的头发，带走了头皮上的热气，再从脖子钻进胸腔，把他的胸口冻住。忽然一阵狂风像黑暗里伸出的巨手，把他往空中一托，他感到自己离开了地面。

什么是不会被吹走的事情？阿七想问。但如果他敢开口说话，风会毫不犹豫地卷走他喉咙里剩下的热气。

她的面孔出现在脑海里——“你是男人，你要说话算话！”她愤怒地说。

这是他们上一次见面的场景。他们好了很多年，一直在不同的城市谋生，很难见上一面。

“你好好闯荡，等你有基础了，就把我接过去。如果你运气不好，那就到我这里来，我们想办法给你找工作。”她说。他同意了。

但是好几年过去了，他依旧什么也没有。他不愿意离开谋生的城市去投靠她，这样他就更是什么也没有了。他一直拖着，拖到他们再也不联系。

那是他经营快餐店之前的事了。时间已经过去了很久，他也不那么难过了。这算是被风吹走了吗？

猛烈的寒风消失了，阿七意识到他仍然在地面上，手里依然拽着小个子男人的衣襟，被吹得麻木的身体还在往前迈步。

“过了这个山谷就好了。”小个子男人安慰地说。紧接着，潮湿的冷雾袭了过来，阿七感到自己像掉进了一条冬天的河里。

这样冷，像小时候尿湿了棉裤。那时候他已经记事了，也过了尿床的年龄。不知道为什么大人忽然把他从炕上揪起来，气恼地扒下他的背带棉裤。他还没有醒透，只知道被窝里冰凉一片。

他只有一条棉裤，所以那天母亲没能去厂里上班，他也没有上幼儿园。他知道自己做错了事，老老实实地坐在炕上，用被子盖住两条光腿。母亲在屋里烧了许多炭火，用一根长木杆挑着棉裤烘烤，就像在火上烤一只不停翻面的羊。

他为自己想象中的烤羊流下了口水。母亲看了他一眼，从屋外拿进来几块地瓜。火上架着烤羊，火旁堆着地瓜，滋滋的响油配合羊肉和地瓜的盛大香味，让他感到那是梦幻般美好的一天。最奇妙的是，母亲能洞悉他的一切念头，她甚至能看见他脑海里那只烤熟的羊。

烤羊和地瓜的热气赶走了阿七身上的寒冷，他从冰河里爬起来，发现脚下亮晶晶的一片，是冻硬的冰霜。

明亮的月光照耀在冰雪覆盖的大地上，冷雾和黑夜都散尽了，好像从来没有存在过。他的面前是一片广阔的松林，细碎的月光从树顶落到地上，鸟窝里传来咕咕的叫声。身后是刚刚渡过的那条河，清冽的河水托着破碎的浮冰在岩石间迂回碰撞，闪动着碎银般耀眼的波光。他往河那边的来路看去，只有一片望不尽的黑暗，隐约还能听到呼啸的风声。

“我们到林子了。”小个子男人说，“这就好办多了。”

皎洁的月光下，他厚重的棕黄色大衣像一张蓬松的毛皮，抖落身上水珠的样子就像一头野兽。阿七没有说话。他不再关心自己身在何处，也不再为小个子男人的身份好奇。他很久没有来到这样广阔的松林，就像很久没有回到故乡的山上一样。

他们走进松林的时候下起了雪，柔软的雪花落在松针上，落在林间的空地上，轻轻盖住了从落叶里钻出来的野花。阿七曾经在这样的雪地里追过兔子，见到过一只鹿，甚至险些遇到熊。他们往松林深处走去，树木变得密集，粗壮的枝干像老人的胳膊，撑起巨大的树荫。小个子男人敏捷有力，走得很快。

“我们要快快地走，赶在关门之前到那里。”他说。

于是他们都加快了脚步。下雪的夜里通常不会有月亮，但此刻月光如洗，雪花却更加纷纷扬扬。他们的头上、肩膀上很快落满了蓬松的雪花，松树上也堆起了白色的雪团。林间小路若隐若现，他们不得不手脚并用，爬上粗壮的树根，绕开倒下的树干，留心脚下的石块。阿七走得身上热乎起来，便松开领子，手也从衣兜里拿了出来。

“你走山路不赖嘛。”小个子男人说着，也摘下了兜帽。他的头顶上冒出微微的热气，鼻子里呼出一阵阵白雾。在这样静谧的雪夜里，他们说话的声音听得十分清晰。

“我小时候住在乡下，爷爷是猎户，”阿七说，“春天的时候我们到林子里捡蘑菇、挖竹笋，山路经常走。后来我到城市里谋生，就很少爬山了。”

“蘑菇和竹笋，都可以在汤馆的汤里喝到。汤底是一个价钱，加添头另外算钱。”小个子男人说，“我可以请你喝一个汤底，外加一种添头。”

“那已经够好了。”阿七说，“请问我该怎么称呼你呢？”

小个子男人思考了一会儿，伸手摸了摸滚圆的肚皮：“就叫我软绵绵的小肚子先生吧！”

真是一个奇怪的称呼，阿七想。不过他没有说出来。雪越下越大，踩在脚下发出咯吱咯吱的响声，林子变白了，小路完全消失在雪中。但小肚子先生成竹在胸，仍旧领着阿七东拐西拐。

“这个时间恐怕竹笋已经卖完了，蘑菇可能还有。尽管他们有十九种蘑菇，但有的蘑菇就是不愿意下锅，连哄带骗也不怎么管用。”小肚子先生说，“竹笋会好些，只要你说这不妨碍它们继续修行，它们就愿意到汤锅里去。”

“你说的是竹笋和蘑菇？”阿七惊奇地问。

“当然了。每种食物都有精魂，如果一个蘑菇同意我们把它吃掉，说明它的精魂已经知道要去往哪里。”小肚子先生说。

“从前山里人是有过这种传说，可是我平时就只是把它们洗洗切掉，从来没有哪个蘑菇会抗议。”阿七说。

“人类很蠢啦。”小肚子先生说。

雪已经大得把他们的小腿埋了起来，每走一步都要费力地迈开腿。森林变成了纯白的世界。他们爬上一道雪坡，终于听见前面隐约传来热闹的喧哗声。

透过厚重的雪帘，阿七看到不远处的林间空地上高高挑着几只暖黄的油纸灯笼，一排木屋彼此相连，欢声笑语从打开的窗户里遥遥飘来。

“啊，到啦。”小肚子先生眼睛一亮，抖落一身雪花。

他们加快脚步向前走去，只见写着“汤馆”的木牌立在大门外，积了厚厚一层雪。有服务生立即迎上来鞠躬：“小肚子先生辛苦了。”

小肚子先生把自己的毛外套和手提包递给他，吩咐道：“里面有我今天新收集的汤谱，一会儿记得送到厨房去。”他指指阿七，又说：“这是我的客人，算在我账上。”

服务生又鞠了一躬，请他们进屋。温暖的门厅里，右边墙上整齐地钉着许多木头挂钩，挂满了客人的大衣，左边是木格子鞋柜，也几乎放满了鞋了。服务生帮他们挂好大衣，又为他们换上柔软的鹿皮拖鞋。

更衣完毕，阿七推开隔扇，诱人的鲜香混合着热闹的欢笑、暖黄的灯光，顿时扑面而来。屋子正中摆着一口巨大的汤锅，热气腾腾中隐约露出几个厨师的身影，一旁高大的木架子上摆满各类食材，应有尽有。长条矮桌围绕汤锅摆成一个大大的正方形，满满一屋客人席地而坐，吃喝谈笑，热火朝天。

小肚子先生领阿七坐下，场中的厨师从巨大的汤锅里给他们各舀了一勺汤底。阿七注意到每位客人面前都有一口小小的汤锅，乳白色的汤底温暾地冒着泡泡。

“原来是涮锅呀。”阿七说。

“想得美，能吃到一棵菜就够幸运了。”小肚子先生说，“对你来说，能吃到汤底已经是幸运啦。”

阿七用勺子舀起一勺汤，小心地尝了一口。是肉汤，浓厚的、奇异的、无比美味的肉汤。汤一落肚，好像所有的馋虫都被勾了起来。阿七忍不住放下勺子，端起汤锅喝了个痛快。厨师见了，皱皱眉头，又从大锅里舀了一勺给他。

阿七连忙道谢，不好意思再喝。他偷偷去看那位厨师，只见他孔武有力，脸孔棱角分明，和寻常厨师不太一样。

“他以前是獾。”小肚子先生说，“带我们进来的那个小子，是一棵芹菜。”

“芹菜？”阿七惊讶极了。

“嗯，你不觉得他话很少吗？芹菜话都很少。”小肚子先生说，“喝汤不要喝那么快啦，等一等，很快就有新的食物出来了。”

正说着，一位年轻厨师从木架上抱下来一只拳头大的草菇。一位年长的白胡子厨师从热气里现身，眯着眼睛从一卷长长的名册上寻找草菇的信息。

“啊，在这里。5781号草菇，你打算去哪里呢？”白胡了厨师问。

“我要做一棵树！”草菇没有嘴巴，也没有五官，可是大家都听到了它瓮声瓮气的声音。

“没问题。”白胡子厨师大笔一勾，一小片透明的雾从草菇头上冒了出来，一眨眼的工夫就消失不见。顾客们纷纷鼓掌，阿七似乎听到它高兴地说了声“拜拜”。

离开了精魂的草菇被一个红脸庞的中年顾客买下。他在众人羡慕的目光中把草菇放进了他的小汤锅里。

年轻厨师又从木架上抱下来一棵生菜，它想变成一只鸟。

“没问题。”白胡子厨师同样大笔一勾，生菜的精魂就飞向了一只鸟。

一个妇人欣喜地买下了生菜，煮在汤里享受地吃起来。

接着被抱下来的是一颗板栗。板栗没有表情，但人们感到它在生气。

“我要做一个马!”板栗叫道。它的声音像鸭子。

白胡子厨师从名册上抬起眼睛，摇了摇头。

“你离一匹马还远着呢！”

“那……就做一个人吧！”

“人也不行。”

“那你说我能做什么？死老头。”板栗更生气了。

“可以做一颗芋头。”白胡子厨师说。

“我才不要做芋头！”板栗大声抗议。

一位老人向厨师挥了挥手：“这颗板栗就给我吧！”

板栗被摁到了老人的锅里。直到下锅前一秒，它的精魂才不情愿地跑出来，去寻找它的芋头。

“这个人不太有钱，所以吃不起高兴的蔬菜。板栗不开心，它的味道会差一点儿。”小肚子先生解释。

“我以前是什么？”阿七问。

“总之不是板栗，也不是芋头。”小肚子先生说。

接下来是萝卜、洋葱、莲藕、紫菜、山药、松子、豆腐……轮番出场，阿七得到了一个土豆。土豆被肉汤煮过之后变得清新柔嫩，有一种软糯的清甜。小肚子先生要的是一块咸鱼，他吃得十分高兴，眼睛变得溜圆，嘴边冒出坚硬的胡须，看起来越发不像人类了。

阿七沉醉在土豆汤里，什么也顾不上了，后面还出场了哪些食物，他一个也没有注意到。不知过了多久，当他从醉人的汤里醒过来，才发现厨师已经不在场中，木头架子也空了，顾客们醉意朦胧，各自心满意足地东倒西歪。小肚子先生也不见了。

阿七推开窗户，雪已经停了。几个穿着浴袍的客人正穿过积雪覆盖的院落走来，看他们的打扮，屋后应该还有一处温泉。在这样寒冷的雪夜里，喝了鲜美的汤，还可以泡一个热乎的温泉，该是多么难得的享受啊。

阿七沿着回廊穿过院落，屋后果然是个露天温泉。隔着竹子搭成的篱笆，他听到客人们正在兴致勃勃地聊天，又薄又软的白色浴袍搭在一旁的竹竿上。阿七想问问他们有没有看到小肚子先生，然而刚绕过篱笆，他就呆住了。

温泉里泡着的并不是客人，而是许多粉红的、圆圆的肉丸子。它们没有四肢，也没有表情，但阿七感到它们正惊奇地看着自己。浓烈的肉香扑鼻而来，阿七瞬间清醒了，汗毛全部立了起来。

“啊，一个人类。”一个肉丸打量他一眼，无聊地把头转了回去。

“这里是工作区，可不是给你泡澡的哦。”另一个肉丸嘲讽地说。

其他的肉丸们懒得再理阿七，七嘴八舌地继续聊起天来。

阿七颤抖着回到庭院。小肚子先生正在树下赏雪，他穿着汤馆的黑色工作服，冒出来的胡子不见了，眼睛也恢复了正常。

“你醒啦。”小肚子先生说。

阿七还没有从震惊中缓过来，呆呆地看着他。

“你见过馄饨们了？”小肚子先生问。

“什么？”

“那些上班的馄饨。”

“我……我看见很多肉丸子……”阿七喃喃地说。

“就是啦。馄饨们把外衣脱了，看起来不就像肉丸子嘛！难道你泡澡的时候穿着浴袍？”

“可是……”

“它们的工作就是开开心心地泡澡，不然你吃的肉汤从哪里来呢？”小肚子先生理直气壮地说，“人家的洗澡水嘛！”

阿七定了定神。好吧，这么说也不是没有道理。

“不早了，去取外套和鞋子吧。”小肚子先生命令道。

他们回到门厅，大部分挂衣钩和鞋柜都空了。芹菜默默地给阿七换好鞋子、穿上大衣。

“我听过这样的故事，在我小的时候，”阿七忽然对小肚子先生说，“山里的汤馆，精怪的聚会……没想到是真的。多谢款待。”

小肚子先生眯了眯眼睛，递过来一只茶杯：“喝杯热茶再回去吧，我送你。”

阿七伸手去接茶杯，小肚子先生却将手一抖，一杯热茶全部洒在阿七的脚背上。热气腾空而起，眼前的汤馆瞬间像充满蒸汽的浴室一样，白茫茫一片。迅速消散的景象中，远远传来芹菜送客的声音：“多谢光临，欢迎再来——”

阿七猛地从桌上抬起了头。

他还在店里，就坐在靠近灶台的桌旁，因为趴在桌上睡觉而脖子酸痛。他试图回忆梦境，但脑海中片混沌，想要扶着桌子站起来，却浑身找不出力气。忽然间，他意识到空气中弥漫着危险的味道，扭头往灶台看去，炉火早被溢出的开水浇灭，煤气正在缓慢扩散。

阿七奋力站起身子，扑过去关了煤气，他摇摇晃晃地想要去开窗户，却发现平时关着的窗户不知被谁打开了，冷风吹得人直流鼻涕。

他的脑袋清楚了些，回想起了早先的事情：生意冷清的周五夜晚，独自守店的自己为前路渺茫而发愁，想要烧壶开水泡脚，不料竟然趴在桌子上睡着了，连滚水扑灭炉火也不曾意识到。如果不是窗户被谁打开，恐怕早就醒不来了吧。阿七心有余悸。

是谁这么巧打开了窗户？

一个姜黄色的矫健身影从窗下跃起，眼睛滚圆，胡子坚硬。它直起身子，拍拍圆滚滚的肚皮，向阿七一挥前爪，嗷呜一声，往远处蹿去。

当猎户的爷爷告诉过他，如果精怪将人带走做客，告别时会往人脚上泼一杯热茶，一路腾云驾雾，省去归途的辛苦。被精怪邀请过的人，一准儿会有好运来临。

暖意从阿七心中升起，他站在窗前，眼前展开一片冬日的黎明。

单程票旅行社

重新回到公司上班的时候，已经是三月底。经历了一个难挨的冬天，能够重新出门，大家多少有些喜气洋洋，即使是来上班也显得迫不及待。我在这家公司做了几年售后客服，工作上虽然没什么值得期待的，但也不至于无法忍受，每天无非是洗耳恭听客户的抱怨，再给人赔礼道歉罢了。

吃过午饭，我去楼道角落里的小露台上抽烟，和我一个部门的路扬也在，他正茫然而惆怅地望着前面不知道什么地方。我和路扬曾经在公司附近合租过一段时间，一度关系还不错。不过后来我结婚搬走，他又找了新的室友，大家一起吃过几次饭，关系慢慢也就和普通同事一样淡了。

我递给他一支香烟，他摇摇头说："戒了。"

我顺着他的目光望去，楼下空地正中除了一个水泥花坛，什么也没有。花坛里东倒西歪地栽着一丛迎春花，枝干光秃秃的，乱七八糟的几朵小花被尘土覆盖，还不如一旁乱扔的烟头醒目。

“这么大的园区，就只有一个花坛。”路扬没头没尾地来了一句。我一头雾水，他有些忧伤地转过头来说：“老远消失了。”

“老远”是他后来的室友，因为名字里有个“远”字，面相有点显老，就让我们叫他“老远”。

“你是说他搬走了吗？”我问。过去这半年，确实有不少人陆陆续续地离开这里。

“或许吧。”他说。但他的神情并不认同他的话。我默默抽了一会儿烟，他忽然问道：“你收到过单程票旅行社的小广告吗？”

“什么？”我吃了一惊。

“单程票旅行社。”他重复了一遍，摇摇头，“算了，没什么。”

午休时间到了，我们回到各自的工位上，一整个下午我都有些心不在焉，总想着路扬说的这件事。行业不景气，下班之后又开组会，折腾到九点才出了写字楼大门。天上下起雨来，我狼狈地往公交车站跑去，发现路扬也在那里。我们都没有带伞，只得挤在窄小的长凳上，像两尊沉默的石像。

“旅行社是怎么回事，讲来听听？反正一时半会儿也走不了。”我做出漫不经心的样子问道。

路扬叹了口气：“说来你也不会信的。”

雨哗哗地落在公交车站的塑料棚顶，车站人很少，路上车子也不多，两侧的商铺有的还没开门，有的早早打烊，还有的已经贴上了“转让”的纸条。谁能想到其中一些店铺曾经相当火爆呢。

“发生了这么多事，还有什么难以置信的。”我苦笑着说。

路扬也笑了笑：“那倒也是。”

宣称已经戒烟的路扬问我要了一根烟，深吸一口气，慢慢说道：“是立春那天的事。我和老远已经好长时间没出门了，买菜和生活必需品全靠物业配送。那天傍晚我们和平时一样清点塑料袋里的东西，发现除了一盒鸡蛋、一盒黄瓜、两盒猪肉、两盒牛奶和一瓶洗发水，还有一张小卡片。我以为是超市宣传卡，拿起来一看，是旅行社的广告。”

连门都不能出了，竟然还有旅行社投放广告，真是不可思议。这张小广告印刷廉价，白底蓝字地写着两行直白的广告词：

一价全包　　无须购物　　路线自由

随时出发　　当夜往返　　有去无回

这可真是太奇怪了，哪家旅行社会说自己“有去无回”呢？听起来就让人汗毛直竖。路扬将小广告翻到正面，上面同样白底蓝字地印着“单程票旅行社”一行字，下面是一行电话号码。在文字和电话号码之间有三条蓝色的波浪线，波浪线后面有一只简笔画风格的螃蟹。螃蟹举着一只钳子，让人想起旅行社导游举着小旗的模样。

说不定是什么绑架团伙、传销组织，要么就是那种不三不四的地方。路扬正要随手把它扔进垃圾桶，老远指着那行电话号码说：“这是小区楼下干洗店的电话。”

路扬吃惊地看着老远，意识到自己对这个人并不熟悉。他只知道老远寡言少语，谦虚和气，在一家书店工作。不过他的工作和书没什么关系，只是书店咖啡屋的店员罢了，就是卖那种特别难喝的咖啡并且语速飞快地报出一串优惠细则希望客人办卡的人。他怎么会知道干洗店的电话？

老远推开自己房间的门，指着窗外对面那栋楼的底商。那栋灰蒙蒙的房子一楼是一家倒闭很久的干洗店，窗玻璃上贴着大大的电话号码，果然就是小广告上的数字。原来如此。

干洗店改行做旅行社了吗？可眼下的行情，怎么会有人开旅行社呢？

“打个电话过去试试就知道了，反正闲着也是闲着。”老远说。路扬还没来得及制止，老远就拨通了广告上的电话。

路扬有些紧张，觉得那是个危险的尝试。他正想劝老远挂了电话，对面就响起了机器客服的声音。

“您好，欢迎致电单程票旅行社。请于今晚12点12分光临××路××小区××楼××号，精彩旅程，静待开启。”

说完这句话，电话就自动挂断了。

“我绝不会大半夜跑去什么鬼地方！”路扬毫不迟疑地说，“而且我们不能擅自离开屋子。”

“说的也是。”老远点了点头，没有再坚持什么。他们简单地做了晚餐，收拾完桌子，打了一会儿游戏，时间才到晚上九点。今晚显得特别难熬，好像每分每秒都被拉长了似的。

老远放下游戏机说：“我好像还有一些啤酒。”

他们立即找出了老远放在行李箱里的几罐啤酒。这原本是准备在回老家过年的火车上喝的。他收好了行李，但没能走成，路扬也一样。

他们一人喝了两罐啤酒，心情活跃了不少。老远又拿起那张小广告来。

“旅行社，啊……我都忘了上次旅行是什么时候了。”老远说。

“我连上次吃烤串涮火锅是什么时候都忘了。”路扬也说。

“看电影好像是上个世纪的事了，那时候我们还能看演出呢！”老远说。

“这家旅行社一定有问题，你看，这儿写着‘当夜往返’，后面又写着‘有去无回’，这是自相矛盾。”路扬琢磨着。

“也许是给不同客户的，有的人只想速去速回，有的人却流连忘返。”老远说。

“这么说，除了我们，还有别人收到小广告了？”路扬忽然想到这个问题，既然广告是随机塞在装食物的袋子里的，那么收到的应该不止他们。

“还是那句话，去看看就知道了。”老远说，“看一眼就回来。”

“楼下有楼长在值班，小区里也有物业的夜班员工，他们会发现我们溜了的。”路扬说。

“既然有这么多人在，有什么好怕的？如果那家店真有什么危险，我们大喊大叫就行了。”老远说。

路扬没有说话。他们又默默喝了一罐啤酒，不时看一眼手机上的时间，好像在等待 12 点 12 分快些过去似的。

当时钟显示零点的时候，他们都有些晕晕乎乎了。老远站起来说：“好吧，我一定要去看一眼。有去无回也没关系，我一天也不想在这儿待了。”

路扬本想拉住老远，可一旦站起来，他也不想再坐下了。他在这个租来的老旧小区里度过了元旦，度过了新年，既不能回家也不能上班，银行卡里的钱马上就要花光了，还有信用卡没有还，要发愁的事太多了。如果能离开这一切，也是一件好事啊！这么想着，他的心思忽然就冲出了这间屋子，一刻也不能再待了。

“走。”他说。

他们俩意志坚定地穿上鞋子、外套，系上围巾，戴上帽子，打开了房门。楼道里没有人，隔壁的电视还在响着。他们走进电梯，楼长正在电梯里的椅子上打盹，手里拿着值班登记表。他们没有发出任何声音，悄悄地按下了一楼的按键，又悄悄地出了楼门。

室外很冷，没有月亮。他们深深呼吸了一口冬夜的空气，和屋里的很不相同。这会儿小区里一个人也看不到，他们穿过停车场，往干洗店走去，不由得放慢了脚步。

干洗店竟然真的亮着灯。准确地说，它不再是干洗店的样子，而是一家像模像样的旅行社门店。门口竖着一个人形广告立牌，墙上几个挂钟显示着全世界各大城市时间，一个身材矮小的业务员正在桌前忙碌。看到来了客人，业务员连忙热情相迎。

“单程票旅行社，为您提供一价全包旅游服务，只要参加我们旅行社，想去哪里都可以。”业务员笑眯眯地说。

哪有这样好的事，路扬心想，他们连小区都出不去。

“你说的是以后吧？”

“不，我说的是现在。”

“参加你们的旅行社，现在就可以大摇大摆地走出小区？”

“当然。”

“大摇大摆地走上马路？”

“当然。”

“做梦。”

“我们特许经营，畅通无阻，您大可以放心。”业务员仍然挂着营业式微笑。他个子很小但身子很宽，一张方脸，两只小而圆的眼睛长得很靠上，说话的时候总爱不自觉地挥着右手，好像一只招潮蟹。

“您带车票了吗？”业务员问。

老远把小广告递了过去，不确定对方指的是不是这个。业务员接过广告单，皱起眉头：“你们两位只有一张车票？”

“袋子里就只有这一张单子。”老远回答。

“一张车票换一辆车，你们两个人的话……”业务员看了他们一眼，勉强点点头，“挤一挤也坐得下。”

“需要自己开车？”路扬问，他印象中的旅行社都有大巴的，上车只要睡觉就行了。

“当然了，我们这是自由行，全程自驾。”业务员指了指店门口马路牙子上停着的一排共享单车说，“您选一辆吧。”他想了想又说：“两个人骑自行车不方便——你们还是骑电动车吧！”

业务员往旁边一指，一排自行车的尽头还停着几辆电动车。因为很久没人出门，电动车和自行车都积了一层灰。

这也太荒唐了!

他们肯定被恶作剧给耍了，说不定全小区的人都收到了小广告，但上当的只有他和老远。路扬看到几个物业的值班员正在向这边走来，想要赶紧拉走老远，可一转头，老远已经走到了那排电动车旁，煞有介事地挑选起来。

“这辆看着不错。”老远说。

“您好眼光，”业务员露出营业性夸奖的笑容，将一个透明小袋递给老远，“道路安全要谨记，千万记得戴头盔。”

小袋里是一顶浴帽，洗澡或者染发的时候戴的那种。老远二话不说就把浴帽套在了头上。

路扬呆呆地看着他的室友——一个在空荡荡的午夜街边扶着一辆电动车、戴着一顶滑稽浴帽的男人。物业值班员向他们走来，路扬连忙躲在树后，眼睁睁地看着他们走到老远身边，又视而不见地走了过去，好像老远根本不存在似的。

老远惊喜地瞪大了眼睛：“他们没看见我！”

业务员还是那副笑容："我们这是特许经营，跟您说过的。"他拿出另一顶浴帽，递给路扬："后座也要戴头盔。"

"真的想去哪儿就能去哪儿？"路扬看着手里的浴帽，又看看业务员，不可思议极了。

"我们这是一夜游服务，天亮之前，您想去哪里都可以。"业务员说，"祝您玩得愉快！"

路扬讲到这里，我等的公交车已经来了，但我一心只想知道后面发生了什么。

"所以真有这样一家莫名其妙的旅行社，你们也真的戴上浴帽，骑上电动车出了门？"我问。

路扬望着远处的雨幕，沉默片刻，转过头来看着我："你知道吗？老远并不会骑电动车。"

"啊？"

"所以是我带着他，他在后座，我在前面。"路扬说，"我们一开始不敢骑太快，也不敢在明亮的大路上骑，只挨着墙根走。可没过多久我们就把那些顾虑全忘到了脑后，因为我们太久没有这么自由自在、漫无目的地乱窜了。"

街上一个人也没有，车辆停在路旁，写字楼、商场、地铁站都关着，他们很快从五环附近的小巷骑上了大路，从大路又骑上了四环。最初他们不敢出声，怕被注意到，但很快发现根本没有人会听到他们的声音。于是他们开始迎着风大声聊天，甚至唱起没调的歌来。电动车骑起来非常轻松，一点儿也不费力，有史以来最先进的交通工具也没有它这么贴心。

“这车真他妈的好极了！”老远高兴地喊道。路扬从没听过他说粗口，也跟着喊道：“天下第一牛 ×！”

“我们得给它取个名字！”老远喊道。

“对！叫什么！”路扬大声问。

“它是黑的，叫小黑！”老远说。

“好！我以前有条狗也叫小黑！”路扬说，“大四捡的，后来公司宿舍不让养，楼管给扔了！我没揍他！”

“你是王八蛋！”

“我是王八蛋！”

“老远，你有没有在四环主路上走过！”路扬大声说。

“没有！我不会开车！”老远更大声地回答。

路扬车头一转，他们就上了四环。

“我们想怎么开就怎么开！”路扬说着松开双手，“还能大撒把！”

“大撒把！”老远也松开双手，小黑自顾自地向前跑去，如果它能说话，也得说一声痛快。

他们这样疯了一阵儿，路扬问：“你想去哪儿？”

老远想也没想就回答说：“我饿了，我想吃烤串、涮肉、麻辣烫！”

他这么一说，路扬也饿得厉害。他们其实吃过晚餐，平时这个时候也该睡了，但那种饿不是没有吃够米饭的饿，而是寡淡的饿。总有一种好像吃过了，但又好像什么也没吃的错觉。这种饿一旦开始就无法停止，他们立刻就想敞开大吃一餐，麻辣鲜香，荤素不忌。

附近的餐厅早就停业了，他们往城区内骑去。路上还是一个人都没有，早餐和夜宵店都关着。他们执着地又往前骑了一阵儿，发现街边转角处开着一家大排档。“狼大爷烧烤”的横幅系在两棵树之间，红蓝相间的防雨布搭了个简单天棚，天棚下热热闹闹地坐着好多食客，靠街的一侧一字排开几架炭火，几位袒胸露背的大哥正在翻动火上的烤串。红柳大羊肉、炭烤小肥牛、烈焰鸡翅、葱香鲫鱼、蹄筋生蚝……一样样在火上吱吱冒油。上菜小妹忙得脚不沾地，鲜酿扎啤酸梅汤、土豆茄子烤韭菜、蛋炒饭疙瘩汤、花生毛豆拍黄瓜……一盘盘不间断地送到客人桌上。檐下支着一块简易幕布，正在播放足球比赛。客人们开怀畅饮，高声谈笑，时不时发出喝彩或者叹惋之声。

“这儿什么时候开了家大排档！”路扬迫不及待地把小黑开了过去，差点直接冲进棚子。这场景好像十分熟悉，又好像许久不见了。他一想，露天烧烤已经是多少年前的事情了，那会儿他还刚进大学呢，一到有球赛的时候，大家就成群结队地在烧烤摊度过夏天的夜晚，真是久远的回忆啊。

他们很快把菜单上想吃的都点了一遍，两只手抓着烤串左右开弓，不时端起扎啤仰头痛饮。梅西又进球了，漂亮！

“你也看球的？”路扬高兴地问老远。

“那必须！”老远高兴地回答。

他们吃饱喝足，喜欢的球队赢了球，心旷神怡。路扬看到店门玻璃上映出来的自己，忽然非常嫌弃：头发又长又乱，早就没了发型，胡子也很潦倒。再看看老远，也好不到哪里去。

“老远，咱们得去理个发，难得出门一趟。”路扬说。

“你说得对！”老远回答。

他们问上菜小妹附近有没有还开着的理发店，小妹说这一片没有，再往前，幸福村那边有一家。老远跨上小黑，信心十足地说："走，我带你！"

可能是啤酒的缘故，路扬完全忘了老远不会骑电动车这件事，老远自己也忘了。他的手刚搭上车把，就用力一拧把加速拧到了头，小黑嗷的一声冲了出去，路扬从后座上掉了下来。"老远！回来！"

老远竟然没有摔倒，也没有撞在什么东西上。他冲出去一大截，危险地刹了几次车，用脚扒拉着在空无一人的路上掉了个头，又回到了路扬跟前。路扬只是骂了一句，竟然又坐到了后座上。他们歪歪扭扭地往前骑，好像在路上画龙似的。

幸福村的名字听起来很土，实际上是三环内的热闹地方，以往有很多乱糟糟的小店。美发、美甲、文身、酒吧、买手店……此刻也都静悄悄的。老远按照小妹说的门牌号往前骑，看到一栋红砖老房子的外墙上开了一扇窗，窗边转着一个红蓝白三色灯柱，灯柱旁的墙上用粉笔写着三个大字：理发店。

他们四下看了看，没有找到门在哪儿，只得敲了敲玻璃。窗户打开，伸出一颗光溜溜的脑袋。

"干吗？"

“我们想理发。”老远说，“现在开着吗？”

“现在不开难道白天开？”光头没好气地说，“把脑袋伸进来。”

路扬和老远吓了一跳。

“从窗户伸进去？你这没有店门吗？”路扬问。

“没有！而且也不能自己选发型，我想剪什么样就什么样。”光头说。

他们有点拿不定主意。

“多少钱？”老远问。

“五块，第二颗半价。”光头说。

“我们剪了！”老远二话不说，抓下头上的浴帽，英勇地把脑袋伸进了窗户。

“你呢？”光头看着路扬。

“不是一个个来吗？”路扬问。

“谁说的，一起来！”光头抓起他的领子，把他的脑袋也拽进了窗口。

于是他们只好双手扒着窗台，低头弯腰，两颗脑袋并排伸进窗户里。光头拿起软皮水管对着他们冲了一气，然后两手各拿一把剪子挥舞。一阵刀光剑影之后，他们感到脑袋一热，一盆泡沫扣了下来，紧接着光头又用水管把他们冲了一次，最后鼓风机一吹，大功告成。整整三分钟，一秒不多，一秒不少。

“洗剪吹烫染，七块五。”光头说。

路扬和老远看了看对方，什么也没说，默默戴上了各自的浴帽。老远付了钱，安慰路扬说：“我看挺好。”路扬也说：“你也是。”

路扬想起光头理发师有点眼熟，好像曾经是个小有名气的主持人，后来因为违反不准染发的规定丢了工作，去向不明。或许就是因为这个原因，他一气之下给自己剃了光头，却把别人都染成五颜六色。

“明天怎么办，染回来吗？”路扬问老远。

“明天？根本没有人会发现我们的头发换了颜色，等天一亮，我们就得回屋里待着，哪儿也去不了啦！”老远说。

一想到这个事实，他们都有些惆怅，头发的事也算不上什么了。夜晚太短，不能虚度。

“现在去哪儿？”路扬问。

老远想了想，说：“我们可以去买些影碟，有些电影或者剧集什么的不好下载了。这样就算还得一段时间不能出门，在家里也不会无聊。”

路扬眼前一亮，他怎么没想到呢！每天打游戏打得都反胃了，如果能大肆地看上电影，说不定还能撑一段时间。

他们立刻跨上小黑，顶着一头火红的头发和一头翠绿的头发重新上路。老远知道老街口那边以前有几家很大的音像店，专门卖盗版碟片，货源很全。他想好了，如果音像店关着，他就爬进库房翻个遍，拿走喜欢的，然后留下钱。

“你知道库房在哪间屋子吗？”路扬问。

“当然，我以前每周都去！”老远说。

“我都不知道你还喜欢看电影！我只知道你在书店卖咖啡！”路扬说。

“那不是书店，是摆着书的咖啡店！”老远大声说。他十分雀跃，小黑的速度又快了起来。现在他们俩——老远和小黑——已经对彼此非常熟悉了，不再歪歪扭扭地画龙，而是一往无前地飞驰。风从耳边呼呼吹过，把老远浴帽下面露出来的红色头发吹得乱舞，头发们啪啪地拍在路扬脸上，他感到自己在被北风抽嘴巴。

“一会儿我们要按照标价买，如果钱不够，宁愿少拿一两张。”老远说。

“我同意，我们不是真正的小偷。”路扬吐出嘴里的头发，“真正的小偷不会染这么鲜艳的颜色。”

他们一路向前，过了二环，到了老街口。这一片是老城区，沿街都是灰砖的两层矮房子。虽然做好了从屋后爬进库房的准备，但路扬感觉音像店应该开着。今晚的一切都出奇地顺利，在这件事上也不应该例外。

果然，音像店不但灯火通明地开着，和以前比好像还翻新过似的，门口画了一只蓝色的羊。老远一个冲刺加急刹在路边停下，车都没扶就冲了进去，路扬差点又摔了一跤。他本来想追进去给老远一拳，但刚一扒开厚厚的夹棉门帘就愣住了。店里满墙都是影碟、唱片、电影海报和书，客人大部分很年轻，看起来都没什么钱。他很久没看到过这么多人在一间店里安静地待着了，没人拍照，没人拿手机，大家沉浸在各自的世界里。

老远不知从哪个角落里冒了出来，手里抓着两本德语书。

“你是学德语的？”路扬问。他觉得自己对老远了解得太少了。

“不，我是学哲学的。但我的英语比德语好，我早晚会翻译凯鲁亚克！”老远拿起旁边一本影印版的凯鲁亚克，“就它，这一本还没有简体字版本。”

“既然你懂德语、哲学和凯鲁亚克，他们为什么不让你去卖书，而让你卖咖啡呢？”路扬既吃惊又不解。

“因为他们需要看起来懂书的人去卖咖啡，需要懂得推销咖啡的人去卖书。店长说，客人到书店喝咖啡，喝的不是咖啡，而是书店的氛围，所以店员也要能显出书店的气质。总之，德语、哲学和我都不重要，都是氛围的一部分，都是为了把咖啡卖出去造势而已。”老远回答。

“那为什么需要懂得推销咖啡的人去卖书？”

“因为书比咖啡还难卖。连咖啡都卖不掉的人，就更卖不掉书了。”老远说，“我也不知道是不是这样，反正他们就是这么想的。”

这么说也有道理，路扬心想。他们选了几本书，又从几个满满当当的鞋盒子里挑了好些影碟，捧到收银台。老板是个不苟言笑的中年男人，穿着一件深蓝色棉衣，瘦长的面颊上有些皱纹，下巴留着一点儿胡子，看上去和门口的蓝羊有几分相像。

他们没有带书包，店里也不提供袋子，如果用手捧着这堆东西，就没法骑车了。

“我们提供无痕胶带。”老板早有准备地说。

“那是干什么的？”路扬问。

老板指了指他们的外套：“脱下来。”

他们感到莫名其妙，但既然不久前才把脑袋伸进窗户，那么在音像店交出外套也不算离奇。老板将他们的外套打开摊在收银台上，把碟片和书整齐地摆在上面，然后用一卷很宽的胶带将它们牢牢贴在了外套内侧。

“好了，穿上吧。不会弄坏也不会掉下来，很牢靠。”老板说。

他们拿起各自的外套，小心翼翼地穿在身上。现在他们全身都被盗版碟片和影印书包围着，好像穿了一副盔甲。老远忽然往后跳了一步，摆开架势，喊道：“大马流星拳！”路扬也装模作样地喊了一声：“星云锁链！”他们本来还要再过几招，可路扬一回头，正看到旁边有几个顾客在等着结账。自己刚刚犯傻的样子肯定被他们看到了，路扬顿时十分尴尬，连忙收起招式，规规矩矩地站好。老远看到他们手里也拿着一本凯鲁亚克，高兴地打了个招呼，然而那几个人毫无反应，好像完全没看见老远似的。路扬伸出手掌在他们面前晃了晃，真的看不见。

“别紧张，这是因为你们戴着旅行社的帽子，”老板一边清点碟片一边说，“作为游客，你们可以看到别人，但其他人看不到你们。”

路扬想起他们在大排档的时候也没有和别人说过话，除了服务员小妹以外。

“那你怎么能看到我们呢？”路扬问。他几乎都忘了他们今晚的奇遇开始于那个干洗店，也忘了自己头上戴着滑稽的浴帽。

“我是老板啊，这种事情有什么为什么。”老板说。

“好不容易遇到兴趣相投的人，居然不能互相说话！”老远不满地说。他们同时想到了一件更糟糕的事：只有戴着浴帽的今晚，他们可以来到这里，天一亮这一切就会重新关上大门。

“谁让你们参加的是一夜游呢？只有参加‘有去无回’的人才能互相看见，还能随时光顾你们今晚光顾的地方。”老板说。

雨还在下，路扬的公交车也来了，但他只是茫然地看着公交车开走，思绪仍然停留在那个夜晚的音像店门口。

“那时候已经后半夜了，气温很低，我们已经吃了宵夜、理了发、买了影碟，还痛快地骑了车，应该回家了。如果我们回去，后面的事就不会发生。可是因为店老板的话，我们原本满载而归的愉快忽然变成了心有不甘。”路扬缓缓地说。

“一夜游也很好啊！难道每天都要去大排档、洗剪吹和逛书店吗？”我说。再说，就这么有去无回的话，那些不希望他们离开的人怎么办呢？

路扬只是摇了摇头。“可是我想起自己还有想去的地方，趁着天还没亮，不去一趟怎么也不死心。”

于是，他们在音像店门口搓着手，路扬跨上了小黑。既然他们已经从东五环一路骑到了四环、三环、二环，从东到西横穿了半个城市，为什么不继续往西，干脆把整个城市横穿一遍呢？

路扬把这个念头说给老远，老远十分赞成。他来这座城市的时间不如路扬长，还从没有去过西边。

“我们可以去西山，爬到金山寺的观景台，从那儿可以看到城市的日出。”路扬说。他读书的时候是户外社团的活跃分子，周末经常和朋友们去露营，寒暑假都花在了旅行上。真是遥远的事啊！为什么人生中会有那么无忧无虑的几年呢？恐怕正是因为当时的肆意快乐，才有了后来的得过且过吧。

他们掉转车头，往西骑去，一路上没有再说话或者唱歌。高楼大厦渐渐稀疏，远山的轮廓逐渐显现，风冷露重，好在外套里有碟片可以挡风。他们一直骑到了西山脚下，摸黑爬上了金山寺。

真是疯了，我心想，少说也要骑一两个钟头。

“虽然有好些年没去，但路还是熟悉。我们很顺利就到了营地，营地不止我们，还有别的旅行者。”路扬说。

“别的旅行者？”

“对。他们生了一堆篝火，在火上烤肉和烧水。肉烤好以后就分在各自的碗里吃，水烧开以后就煮茶或者泡咖啡。咖啡很苦，没有糖也没有拉花，煮咖啡的是个年轻男人，他说这是从贝都因人那里换来的，代价是一块他从尼泊尔买来的毛毡杯垫。”路扬说。

这天晚上他们已经吃过一顿丰盛的烧烤，可经过大半个夜晚的骑行，此刻又冷又累，一闻到食物的香味，立即不由自主地凑到了篝火旁边。旅行者们把烤好的肉从火上取下，换上一块铁板，在上面涂油、摊蛋饼。不过他们用的不是鸡蛋，而是一只很大的鸵鸟蛋。一个女生将鸵鸟蛋竖起扶稳，另一个女生用小刀在蛋头上敲出一个洞，她们将筷子伸进去搅拌了一会儿，将搅碎的蛋液倒在铁板上。

“都谁想吃？”她们问。立刻有几个旅行者答应。

她们按人数将蛋液倒成一小份一小份，那些蛋液一沾到涂了油和洋葱碎的铁板，立刻发出扑鼻的香味。路扬觉得自己从没见过这么香的煎蛋。

“我也要吃煎蛋。”老远说，他忽然摘下了头上的浴帽，举起了手。

“老远！”

“有什么关系？我不想再当透明人了，我要和他们一起。”老远一伸手，把路扬头上的浴帽也扯了下来。

于是他们就顶着一红一绿两团头发出现在了大家面前。旁边的旅行者看到他们，友好地让出两个位置，摊煎蛋的女生也自然而然地在铁板上多倒了两份蛋液，谁也没有大惊小怪。路扬只得点头道谢，挨着老远坐了下来。

他们吃了煎蛋，喝了一些茶，将刚刚买的一张碟片送给两个女生作为答谢。黎明尚未到来，营地更加热闹，到处是帐篷，到处是小摊，熙熙攘攘。一位留着半长头发的年轻人拿出一只小小的四弦琴，开始弹奏一支漂泊而快乐的曲子，很快又有人掏出一把口琴，应和着四弦琴的曲调。路扬想起他听过这首歌，那是许多年前他和他的朋友旅行时偶然听到的，那时他们也像现在这样在山间生火、烤肉、煮茶，那时他们还年轻，他们都是野孩子，眼望着北方。

“你们从哪儿过来的？”弹琴的年轻人向他们打了个招呼，“你可以叫我阿强，吹口琴的是我朋友小九。”

“我叫路扬，我朋友叫老远。”路扬说。他不知道怎么回答阿强的问题比较准确，只好说：“我们从家里……我的意思是，我们参加了一个叫单程票旅行社的夜游活动……”

“我们都是从单程票旅行社过来的。”年轻人愉快地说。

“你们都是？”路扬吃惊地看着周围，“这家旅行社有这么多分店吗？”

“到处都有，我遇到过许多地方的人。”阿强十分确定地点了点头，“大家骑车旅行，有时候聚在一块儿，有时候各走各的。我刚去了爪哇，明天打算去扬州，听说那里三月的春花很美。”

“你们……可以想去哪里就去哪里？不需要护照，也不需要办手续？”路扬更吃惊了，可是想想今晚的经历，好像确实如此。

“只要你是单程票旅行社的一员，就不用为这些事操心。”阿强说，“你们打算去哪儿？”

路扬一阵窘迫，老远也深感沮丧。天一亮他们就得回家，哪儿也去不了。年轻人看出他们的神情，轻松地说："你们参加的是一夜游对吧？没关系，只要在今晚结束之后、明早到来之前扔掉浴帽就行了。那样你们就能把'当夜往返'升级成'有去无回'，就能一直旅行下去了。"

"可以升级？"老远的眼睛忽然亮了。路扬也精神一振："只是扔掉浴帽，就这么简单？"

"就这么简单。不过，一旦加入，就没法再回到过去的生活，工作也好，存款也好，统统不算数了。"阿强说。

老远想也没想就说："完全没问题！我本来就没有存款。"路扬想了想，也点了点头。在这个夜晚之前，他们没觉得生活多么无法忍受，但现在他们一点儿也不想再回到之前。路扬从口袋里掏出浴帽："我现在就扔！"老远也说："我也是！"

阿强连忙制止他们："不行！要在正确的时候扔才可以。我说过的，是'今晚结束之后，明早到来之前'。"

"那是什么时候？"他俩很迷惑。

"就是第一缕晨光出现的时候，不能早，也不能晚，差一秒都不行。”阿强说。

老远皱起了眉头，路扬心里也有点打鼓。

“万一没掐准时间怎么办？”路扬问。

“那你只能等下次收到车票的时候再试了。不过不用担心，这儿的人都成功过——你只要盯紧天边的一颗星星就行，它会闪动三次，第三次闪完，夜晚就会结束，黎明就会开启。一会儿我们可以帮你盯着天空，你们只要专心不分神就行了。”阿强说。

他们松了一口气，这样把握就大多了。路扬由衷地感谢阿强，决定升级成功之后就加入他的小队，一起去扬州。听说老远会做咖啡、讲德语和英语，阿强十分高兴。“太好了，我们需要会语言的人，这样我们就可以认识更多朋友，并且和他们聊天了。”

离天亮还有一点儿时间，他们愉快地四处闲逛。许多从别的城市、别的国家来的旅行者在这里歇脚，寻找下一程的目的地和合得来的旅伴。有人出售旅途中的日用品，也有人卖旅行书——那种标志是蓝底白字的系列旅行书，一度风靡，如今也好久没见过了。想到自己马上就要成为这些旅行者中的一员，路扬和老远觉得全身都轻快了起来。

夜色渐渐变浅，新的一天快要到了。阿强吹了一声口哨，向营地的人们说："有两位朋友要加入，一会儿我们帮他们盯着点！"

大家纷纷看向路扬和老远，热情地给他们打气。

"千万不要走神！"有人说。

"我们说扔你就扔！"另一个人说。

"什么也不要想，只要想着再也不会回去就行。"第三个人说。

路扬和老远一边道谢一边点头，默默在心里提醒自己一会儿的注意事项，比考试还要紧张。

"快到时间了，注意！"阿强喊道。大家顿时不再说话，紧盯着天空。夜色已经尽了，霞光仍未来临，残余的篝火映照在他们脸上，天边微弱的星子轻轻一闪，阿强大喊道："准备——！"

路扬和老远连忙掏出口袋的浴帽，高高举起。星子闪了第二下。

"扔！"

就在这个时刻，路扬的手机忽然响了，是短信到达的提示音。从来没人大清早天不亮给他发信息，可那天偏偏是个例外。就在他一晃神的瞬间，天边的星子闪了第三下，然后彻底消失不见，黑夜终结，黎明降临，他慌忙将浴帽扔出去，可是已经晚了——他的胳膊甩在了沙发靠背上，他从沙发上掉了下来，摔在了出租屋的地板上。

他打量着四周熟悉的客厅，感到一阵晕头转向。桌上留有昨晚的空啤酒罐，脑袋因为宿醉而头疼。他摇摇晃晃地走到镜子前，头发还是正常的颜色，仍然乱糟糟的。他打开老远的房门，关于他的一切痕迹都消失得干干净净，窗外单程票旅行社的门店也消失了，重新变回了干洗店的样子，好像从来没有存在过似的。

他清楚地记得最后一眼看到老远的样子：他掏出口袋里的浴帽，挥手一扬，一眨眼的工夫，那只无比重要的浴帽就像最微不足道的一小片纸一样，被风吹得看不见了，只有鲜艳的红色头发在晨光中飘扬。

路扬的脸上写满了失落。“我只差那么一点儿，就可以和他们一起了。”

“那条短信，到底是谁发的？如果是我，就要打电话回去骂他甚至揍他一顿。”我惋惜地说。如果不是那条要命的短信，他现在已经过上了自由自在的生活，哪里还用加班等公交车。

“是小区发来的通知，一切恢复正常了。”路扬说，“我们没法揍任何人。”

一阵沉默之后，我问：“你后来还有老远的消息吗？”

路扬摇了摇头：“我们本来就不怎么熟悉。他可能已经到了扬州，或者别的什么地方。”

我不知道该怎么安慰路扬，只好说：“也许本来就只有一个人能走，因为你们一开始就只收到了一张车票。”我想起路扬说的那个长得像招潮蟹的旅行社业务员，向往海浪的人永远朝着潮水的方向，涨潮时尽兴，退潮时守望，只要海上传来风的消息，他们就头也不回地离开。

雨小了，我们各自坐末班公交回了家。妻子睡着了，门厅的灯还为我留着。困扰我许久的单程票旅行社的谜团终于解开了，我感到既如释重负又怅然若失。

我在换鞋的凳子上坐下，良久之后，伸手打开了玄关柜的抽屉。那是一个放着钥匙、零钱、门禁卡、暖气单子、很久没用过的旧钱包的抽屉。我打开妻子的钱包，里面是一张白底蓝字的卡片，写着“单程票旅行社”几个字。三条蓝色波浪线的一旁，是一只挥舞蟹钳的招潮蟹。

我是在一次找零钱的时候偶尔翻到它的。它也是忽然出现在超市购物袋里的吗？妻子从来没有提过这件事。我不知道她是否打过上面的电话，也不知道她是否有朝一日会拿着这张单程票，一去不复返。就像路扬并不了解老远一样，我对她又了解多少呢？

和路扬告别之前我问过他："到底是什么样的人才会收到单程票旅行社的小广告呢？"

"那些一刻也忍受不了现在的生活，真心想要离开的人。"路扬说。

我换了鞋子，像往常一样走进卧室，躺在她的身边。

健身房的秘密

大多数人认为健身房开了又倒闭是经营不善所致，实际上恰恰相反，那些突然关门闭店的健身房，往往都是因为顾客太多、生意太火，才偷偷搬走的。

哪有做买卖的嫌人气太高这样的事？谁都不信。可是健身房产业的实际控制者是仓鼠们，它们和人类的想法完全不同。

关于健身房的秘密，我是听开桃酥店的老苏说的。

老苏其实不太老，只是发福有点早。他家从爷爷辈开始经营桃酥，一度拥有不错的市场，几起几落，最终没能跟上互联网时代的步伐。老苏几次突围没能成功，担心再这样下去员工们会要离他而去，思来想去，决定下个月起不再生产桃酥，改成生产低脂代餐。虽然都说这是大势所趋，可一想到这么多年的桃酥生意在自己手里完结，心里总不是滋味。更何况在他看来低脂代餐根本不能算吃的，那些精密计算出来的人工制品，怎么能和香喷喷、酥脆脆、油汪汪、甜蜜蜜的桃酥比呢！

当然了，他的想法不重要。老苏知道，知道无论是过气的产品还是中年的自己，都已到了被时代抛弃的边缘。

做出这个决定的晚上，老苏胳膊下面夹着经营转向的计划书，闷闷不乐地走在回家的路上，不经意间看到对面老楼门口立着一个霓虹灯箱，红蓝灯管勾出几个字：动感飞轮健身中心。灯箱太不起眼，旁边也没有任何发传单的人，老苏路过这么多次，第一次注意到这里有家健身房。

老苏从没去过健身房，但低脂代餐和0卡零食就是要卖给健身爱好者的。事到如今，无论如何他也应该主动了解市场，不能再当鸵鸟了。他下定决心，走了进去，推开大门的一刻，不禁愣住了。

整个地下一楼的空间被打通，好似一个宽阔的车库，灯光明亮，音乐动感，上百台跑步机飞速运转，健身者挥汗如雨。他们年龄各异，有男有女，有的脖子上搭着汗巾，有的头戴鲜艳的束发带，有的盯着面前的屏幕边跑边追剧，有的戴着耳机边跑边听歌。和一般人跑步时沉重的脚步不同，这家健身房的会员跑起来轻盈灵巧，丝毫没有“嘭——嘭——嘭”的声音。他们的两条腿迈得如此之快，以至于跑步机上黑色的橡胶跑带像丝带一样在他们脚下滑行。跑带两侧五光十色的光带闪烁不止，和音乐节奏完美配合，令人跃跃欲试。

老苏在门口站了半天，没一个人过来招揽生意。他四下张望，“会员中心”的位置坐着一个娇小可爱的年轻女孩，一面埋头看杂志，一面捧着一小包坚果在吃。老苏问：“你们有没有宣传单？”

“没有呀。”前台姑娘头也不抬。

“那你们这儿要怎么办卡呢？”老苏又问。

“我们这里不用办卡呢，叔叔。”姑娘抬起水汪汪的大眼睛看着他，无辜地说。

猝不及防被当成叔叔，老苏一瞬间万箭穿心。

“我打算来这儿跑步健身，怎么办手续，你说吧。”老苏说。

“买门票就行啦。来一次交一次的钱。不过我们这里跑步机好快，叔叔你恐怕用不了呢。”姑娘回答。

老苏正想理论，姑娘瞟见他手里的“苏记桃酥”

商业计划书，忽然眼睛一亮。“你是卖桃酥的啊叔叔？”

老苏还没回过神来，姑娘就拽过来一个教练打扮的男人，兴奋地在他耳边低声说了几句。男人听了，看老苏的眼神又是钦佩又是客气，他十分热情地走上前来，和老苏握手。

“我是这里的店长，您想尝试一下有氧是吗？来，我带您上道儿。”店长说着，帮老苏调好跑步机，又耐心地教了一些跑步入门知识。老苏完全不知道为什么人家对他的态度发生了变化。他跑了没几分钟就抬不动腿，见店长在旁殷切鼓励，不好意思半途而废，只得深吸一口气又跑起来。

“跟上节奏，跟上节奏！抬腿有力，呼吸平缓，眼神往前，超越一切！”健身房里音乐动感活泼，店长大喊节拍，老苏心一横，两条腿提速迈了起来。理论上说这个速度他最多能跑几十米，没想到一旦进入音乐的节奏，竟然觉得轻松多了。

在节奏强劲的音乐中，在一百多台跑步机的包围里，在飞速奔跑的人群身旁，老苏仿佛进入了美妙的幻境：脚下闪烁的彩灯连成了两条红蓝光带，向着无垠太空尽情延展，无数黑色跑带连成一体，变成一条宽阔的大道，他和同伴们在这史无前例的坦途上肆意狂奔，千军万马，气势如虹。他感到沉重的身躯变得轻盈，僵硬的肢体灵活自如，腰腹上的赘肉消失无踪，头顶的黑发重新茂盛。音乐一个变奏，曲调陡然升高，只见黑色大道从远处拔地而起，指向夜空，红蓝光带骤然回旋，在空中划出一道圆弧。他们好像置身于某个闪亮的过山车轨道之上，又好像置身于某个巨大圆环内侧，“动感飞轮”这个名字真是名副其实。

多久没有这么畅快了！老苏迈开步伐，要跟着大部队一起向上奔跑，耳边传来店长的提醒：“第一次体验，不要太快，注意减速——”

老苏还没来得及抗议，脚下的道路便慢了下来，同伴们纷纷跑到了他的前面，红蓝色的光带逐渐恢复了之前的闪烁，老苏又回到了自己的跑步机上。他喘着气看了一眼里程表，赫然显示着“10km”。真是难以置信，他上二楼都腿软，竟然一口气跑了个万米。

老苏休息了一阵儿，心情还很澎湃。店长在他旁边坐下，递过来一瓶矿泉水。

“以后我要常来你们这里，跑步是个好事情。”老苏说。

“是啊，跑步是个好事情，不过我们这里不一定开多久，”店长笑笑，试探着问道，“您是苏记桃酥的……掌柜？”

“嗯。”老苏含糊地点点头，店长的眼睛一下亮了。

“这家是老字号，创始人得是……您爷爷了！”

老苏不知道他们为什么对桃酥店的事这么在意，很不想提地摆摆手：“还卖几天就不卖了，改做低卡零食了。”

“为什么？”店长大吃一惊。

“还能为什么，过时了啊！电商不欢迎，又没法拓宽别的销售渠道，只靠门店那点客人不行啊。”老苏无奈地说。

“可也一直有客人在买啊！”店长急切地说。

老苏只是摇头叹气：“算啦，今天有客人，明天有客人，早晚也是要没有客人的。桃酥这种东西，和我一样，都是要被淘汰的。”

店长沉默片刻，抬头望着老苏，目光真诚而感激地说：“不管怎么说，能亲自接待您，这是……值得纪念的一天！谢谢您的店生产过那么多桃酥，我们永远都不会忘记的！”

老苏愣住了。这是什么情况？只是桃酥而已啊。

店长起身拿来一只信封，双手递给老苏：“您以后想跑步的话，拿着这张卡，去任何一个健身房都可以。不用办卡，也不用付费。所有门店的教练都会以为您服务为荣。”

老苏更加吃惊了。他打开信封，里面是一张金色的会员卡，写着“啮齿类的好朋友”。老苏看看金卡，又看看店长，他三十出头年纪，个头不高但精壮有力，两只圆圆的眼睛炯炯有神，一副精力旺盛的样子。仔细端详的话，可以发现他的两个门牙比别的牙齿略微大一点点，一笑就露出来了。难道他是……

老苏拽住店长：“这是怎么回事？你得说清楚，不然我猜来猜去的头发都要掉了。”

店长见老苏神情，知道他已经猜到七七八八，咧嘴一笑，说：“就是您想的那样啦！”

“真的假的！”老苏瞪大眼睛，“那你是……你是……”

“我是个仓鼠，”店长指了指跑步机上的顾客们，“您看到的这些都是仓鼠，这是一家仓鼠健身房。”

老苏恍然，四下环顾，如在梦中。这样独特的健身房，除了跑步机什么也没有，本来就不像给人类准备的啊！仓鼠每天要跑二十公里才能保持身体健康，有这样一个内部健身中心也是理所当然。

“可是……这和我的桃酥店有什么关系呢？”老

苏还是不明白。

“因为桃酥是我们最喜欢的食物啊！就像人类小孩爱吃冰淇淋一样，我们从小的梦想就是桃酥；仓鼠宝宝第一次长牙，爸爸妈妈会让它吃一块桃酥；仓鼠小孩考了一百分，学校老师也会奖励一块桃酥；不仅如此，我们每年的生日吃的也不是蛋糕，而是一块桃酥，上面写着今年的年龄。”店长津津乐道，“总之，我们听到这两个字就会竖起耳朵，看见这样东西就会两眼放光，所有和桃酥相关的回忆，都是香的、甜的。”

老苏呆呆地听着，心中涌动着莫名的感动，他从没想到桃酥对仓鼠们而言如此特别，更没想过自己生产的桃酥是别人回忆中闪亮的一笔。

“从我爷爷那会儿开始，苏记桃酥在我们仓鼠心中就是最了不起的存在了。家里不宽裕的时候，能买几块苏记桃酥是很阔气的享受，只有逢年过节才行。除此之外，就得是看望病人、拜谢老师这样的场合。如果回老家走亲戚，那也一定要带上一两盒，才不失礼数。我的第一个铅笔盒就是用的苏记桃酥的铁盒做的呢！”店长沉浸在快乐的回忆之中。

“是不是那种长方形的铁盒？上面印着两个红脸

蛋娃娃的。”老苏也想起来了。

“对对对，您也记得对吧？”店长惊喜地说。

“记得记得，那时候铁盒糕饼流行，我们自然不甘落后。那个包装就是我父亲设计的。”老苏想到儿时的情景，露出许久不曾有的笑容，“那年我们生意不错，家里还给我买了辆自行车，真是……往街上一骑，太有面子啦！”

他们笑了一阵儿，都有些感慨。

“时过境迁，现在新东西这么多，想必你们也不再爱吃桃酥了。”老苏叹了口气，可心里的难过已经消散了许多，“今天听你说起这些……这些我从来不知道的事，还是很高兴，觉得自己前半辈子没有白忙活。”

“仓鼠怎么可能放弃桃酥呢！”店长一个劲儿摇头，“人类不是说鼠目寸光吗？其实没说错，我们就不是爱往前看的种类，恋旧才是我们的习惯。再说了，所谓过时，无非是说固定客户的年龄比过去大了几岁，这也没什么不好。”

“所以……你觉得这东西还能卖下去？”老苏将信将疑。

“那当然了。我们这一类数量可不少，其中还有好些人身居要职。不论表面上混得如何，私下里谁也离不了桃酥。”店长说，“您拿着这张金卡，不仅可以健身跑步，而且只要是有我们仓鼠的地方，都能畅通无阻。”

老苏听了，又吃惊，又忐忑：“这……这样不太好吧？”

“没关系，您尽管拿着好了。谁小时候没有为了几块桃酥翻过墙？就当是我们给您的一点儿补偿。”店长说。

老苏想起以前仓库总有鼠患的事，再看看眼前店长不好意思的神情，不禁露出笑容。原来如此啊！他收下了那张卡，两人又天南海北地聊了一阵儿。老苏讲了桃酥制作的门道、店里的陈年轶事，店长听得心潮澎湃；店长讲了哪些知名人士其实是仓鼠，高级西服的口袋里其实总藏着桃酥，老苏大开眼界。

到了结束营业的时间，他们握手告别，店长告诉老苏，仓鼠们的健身场所并不固定，目前这个场地也很快不会再使用了。想到店长之前说这家店开不了多久，老苏深有同感地说：“健身房的生意也不好做啊！”

店长一愣，连忙解释：“噢噢不是这个原因，是因为最近来这里的人类顾客有点多，我们才打算关门的。”

“什么？”老苏大惑不解。还有这样的事？

“因为我们开健身房本来就是为了自己跑步方便嘛。如果人类来得太多，占满跑步机，我们就没有地方跑步了，所以一旦生意太好，就得赶紧搬家。”店长解释道，“您看我们这家店，故意搞得这么低调，就是不想让人类光临。”

“可是……如果既能让自己跑得开心，也能顺便赚钱，不是很好吗？”老苏还是想不通。

“话是这么说，但只要以挣钱为目的，就必须考虑顾客的感受。装修要跟上潮流，店铺要和对手竞争，如果成功了总担心不能持久，如果失败那就更加沮丧。喜欢的事情还是当成喜欢的事情就好，不要当作谋生的方式，不然就会全部错位。”店长认真地说，“所以在跑步这件事上，赚钱并不是我们的第一考虑。”

这么一说也有道理，老苏心想，仓鼠们的思维方式和人类果然不一样。如此说来，既然喜欢做桃酥就一直做下去好了，何必去跟别人的风呢？

“好在因为这种情况搬家的时候不算多，人类顾客办完年卡之后最多来个三五次，也就不会再来了。”

店长将老苏送到门口，和他握手告别，“有缘再会了，苏掌柜，请收下我的敬意。”

老苏一阵风似的走在夜晚的街上，多少天来困扰他的失败感像潮水一般退去了。他感到全身充满力气，以至于完全没注意到自己把商业计划书忘在了健身房里。

“那第二天你怎么跟大家解释自己改变主意的事的？”我问。

“当然是实话实说了，”老苏愉快地说，“我说我去了一趟健身房，办了张会员卡，心情一好，新的销售点子也就想出来了。”

“他们信了？”我可不信。

“对啊！他们很有同感，都说生命在于运动，就是要多跑跑才会开心。原来他们其实根本不想转营低脂零食，就想继续做桃酥。”老苏笑眯眯地说，“我仔细一看，你猜怎么着？这帮员工一个个都长着两颗大门牙呢！”

料理店之夜

初到特拉维夫时，我在希伯来语学校里结识了一位日本留学生，我叫他青木君。整个学校只有我们两个东亚人，因此很快熟悉了。

青木君比我年轻几岁，平头，运动服，网球鞋，双肩包，表情认真，待人诚恳，是标准的日本好学生。然而在中东这样混乱的地方，人员背景五花八门，文弱的亚洲学生是学校里最容易被欺压的一类。没人来惹我这种胡子拉碴的独居男人，住在学生公寓的青木君却总是成为被捉弄的对象。一到放课午休，他们就打发他去跑腿买三明治，公寓的日常卫生、刷锅洗碗，也全部扔给他一个人。不仅如此，他们还仗着他英文不好，当面说些无礼的话。青木君不明就里，只是面带微笑地听着。大概对日本人来说，礼貌总是最重要的吧。

每次遇见这样的事，我既不戳破，也不制止，只目不旁视地路过。我没有行侠仗义的习惯，在这万里之外的是非之地，但求独善其身罢了。

夏天过后，很快到了犹太新年。假期漫长，来自欧美的留学生大部分预定了回国或度假的机票，有本地亲戚的学生则投亲访友，阖家团圆。我无亲无故，在图书馆待到假期前一天傍晚，闭馆之后仍旧无处可去，只得趿着拖鞋在门口抽烟。这时，一个热切的声音从后面传来。

"林桑！"

是青木君。学校里会和我打招呼的人少之又少，这么称呼我的只有他一个。他依旧穿着整齐的运动服，像参加升旗仪式的初中生。

"啊，青木君。"我掐掉烟，向他点点头。

"没有关系，我不介意。"他连忙说。他的英语带有浓郁的日本风味，语法也有点勉强，好在对中国人来说理解起来没有障碍，甚至还有点教科书式对话的熟悉。

"你怎么样今天？"这是青木君万古不变的开场白。

"我很好，你呢？"为了让他能够轻松地继续对话，我也每次都选这一句他熟悉的回答。

“我也很好。”青木君果然愉快地说，“背了一整天单词，真希望到考试时还能记得住。”

他手里抱着一叠希伯来语课的复习题，看来正在为节后的考试操心。青木君在学习上有亚洲学生独有的勤奋，然而遗憾得很，几个月过去，他仍然在希伯来语的大门外徘徊，完全没有在这种古老复杂、变化多端的小语种身上找到突破口。

“你假期打算怎么过？”我随口问道。

“刚刚才想起明天就放假了，真是糟糕，什么食物都没有准备。”他发愁地说。

“我也是。”我说。

学校里空空荡荡，人都走光了。我们沿着校门口长长的下坡往前走，夜风温热，路边的棕榈树高大沉默。这条路直通海边，远远可以看到路的尽头是地中海模糊的蓝色。我们打算去超市买些食物，没想到此时已经过了晚上八点。按照本地法律，宗教节日太阳下山之后，超市便不能营业；节日期间，商铺、影院、市场、餐厅等营业场所都得关门，汽车也不能上路。

“我宿舍里还有一些昨晚剩下的饭团，如果林桑不介意的话，可以勉强吃一点儿。”青木君腼腆地说。

他的句子前后颠倒，但我很快就明白了他的意思。

“你的室友们都在吗？”我问。

“啊，他们都度假去了，昨天就走了。”青木君脸上露出轻松的表情。

“这样的话，那就打扰了。”我说。

青木君很高兴。他的宿舍是三人合住的一套公寓，另外两扇卧室门大敞着，里面露出乱七八糟的床褥、打开的衣柜门、整理箱子时来不及收拾扔得到处都是的杂物。唯有青木君的房间十分整洁，被子叠成豆腐块，台灯下面按大小顺序站着一排书。

我们简单收拾了客厅，坐下来吃了一些冰箱里拿出来的冷饭团。青木君找出他从日本带来的一小瓶梅酒，喝光之后，屋子里就什么吃的也没有了。

“感谢招待，今晚不至于饿肚子。”我说。

“哪里，实在太抱歉了。”青木君神情窘迫。我不知道按照日本人的习惯，是不是应该继续客气下去，但我实在没有储备那么多客套话。于是我们只好沉默地对坐，脑子里为同一件事情发愁：今晚吃饱了，明天怎么办？

青木君忽然开口道：“其实，一直想找个机会请林桑吃饭，不是这个样子的饭，而是很好吃的饭。在学校里这几个月，总是觉得很陌生，只有林桑对我友好又温和。承蒙关照，应该道谢。”

青木君的话令我一时不知如何回应。虽然我确实在功课上帮过他一星半点，但比起平日里对他的处境冷眼旁观的行为，实在不能将功抵过。

见我没有答话，青木君继续说道：“我的厨艺是很好的，尤其是寿司。可惜在这里没有条件，不能为林桑下厨了。”

这番话更让我感到内疚。青木君来国外的几个月，不仅没什么朋友，也从来没有到学校之外的地方去过。年轻人盼望已久的海外经历，在现实中竟然如此寡淡，想必他心中也有些失望。

我头脑一热，不假思索地站了起来：“我想假期去戈兰高地旅行。如果青木君愿意一起，再好不过。”

青木君惊讶地瞪大了眼睛，好一会儿才说：“去戈兰高地？”

“是的。那里风景很美，是本国人露营度假的地方。靠近叙利亚的一侧有地雷，很危险，我们不去。我们去靠近加利利湖的这一侧，可以租自行车环湖。那儿有一种叫圣彼得鱼的特产，如果青木君很久没有吃到鱼，这一趟还是值得的。”我诚恳地说。

青木君半天没说话。我以为自己说得太快，正打算放慢速度再说一遍，他迟疑地开口了：“可是我们要怎样才能到加利利湖呢？明天长途汽车就停运了。”

“我们今晚就走。如果现在出发，应该还能赶上最后一班车。我的护照随身带着，钱也有一点儿，不用回去取东西。”我说。

青木君又一次惊讶地睁大了眼睛，但他很快站起来，坚定地说：“好，我和你一起去。”

在接下来的一分钟里，青木君变魔术般地拖出一只小号登山包，往里面塞进急救宝盒、户外餐具套装、一身衣物，以及一个水壶。他背起鼓鼓囊囊的书包，将一条白汗巾挂在书包带上，瞬间有了一副即将攀登富士山的模样。看来，日本人常备紧急用品的习惯并不是夸张。

“我们走吧。”他说。

这次计划之外的旅行十分愉快。抵达湖区之后，我们投宿在青年旅馆，第二天便租了自行车环湖骑行。沿途虽然人烟稀少，几乎没有公共设施，但道路平整，景色辽阔，还有几座洁白整齐的小教堂可以歇脚。到了即将回学校的前一天，我们去湖边一家餐厅吃著名的“圣彼得鱼”，在等待上菜的间隙，我又想起了青木君曾说起的擅长烹饪的事。

“青木君说自己擅长做寿司，是从小就喜欢烹饪吗？”我随口问道。

“其实不是。我家在海边，离大城市很远。爷爷、外婆、父母、姐姐、弟弟，一大家子生活在一起，经济上也不宽裕。读完高中以后，我考上了东京的大学，因此就独自到东京念书。到昂贵的大城市读书并不是我家人的愿望，他们不能支付我的生活费，于是我每天晚上去餐厅打工，就这样学了一点儿料理的方法。”青木君说。

“真不容易。要去餐厅帮厨，也得有天分才行。我刚毕业时打过好几份工，司机、翻译、导游、广告文员，甚至还发过促销广告、当过影楼助理，但就是没有餐厅肯要我。”我说的是实话。

青木君腼腆地笑了笑：“大概因为我父亲是渔民，我对鱼的种类比较熟悉，所以被主厨收留。”

这时，著名的圣彼得鱼端了上来。一条整鱼剖成两半，炸得金黄，配上薯条和调味汁，令人食欲大增。这家餐厅实际上只能算大排档，桌椅摆在露天沙地里，入夜后四下漆黑一片，只有对岸亮着稀疏的灯火。湖面上冷雾弥漫，店家在我们旁边点了一堆篝火取暖。

“真佩服林桑，做过这么多工作。”青木君说。

“哪里，一事无成。”我并没有谦虚。

“林桑为什么要到中东来呢？说实话，第一次知道学校里有中国人，我好惊讶。”青木君认真地说。

这个问题把我问住了。我自己也答不上来。我在大学里学的是农林育种，毕业以后很难找到一份体面的工作。几经努力，数次跳槽，终于进了专业对口的跨国大公司，在职业上有了可预见的发展，也攒下了勉强可供结婚的费用，可以给大学时就在一起的女友一个交代。按理说，应该积极投身到生活中去才是。可是，连着几个周末陪女友逛家居市场之后，我突然冒出来一句：“公司要派我去海外。”

女友站在黑色和白色的电视柜前面，将打量柜子的目光移到我脸上，问：“什么时候？”

“很快。”我脱口而出，完全没有打腹稿。

“要去多久？”她一脸难以置信的表情。

“我也不知道，大概要好几年。”我说。

“什么时候的事？为什么不和我商量？去哪个国家？配偶可以随行吗？爸妈知道了吗？还有，婚礼怎么办？”一瞬间，她的难以置信变成了质疑和愤怒，目光锋利地看着我。

这样的对话虽然完全不在计划之中，但一旦开了头，我也没有想要停下的打算。

“我得一个人去。”我说。

我的冷静让她感到了异样。她看了我几秒钟，最后问道：“你要我推迟婚礼吗？”

“不……不用等我。”我低下了头。

她松了一口气，淡淡地说：“我一直怀疑你是那种临阵脱逃的人，看来直觉没错。”

她脸上有一种绝望的如释重负，好像第二只靴子终于落了地。

第二天，我把银行卡里的余额转给了她，向公司辞了职。不久后，我通过原来在公司时的朋友关系，联络到以色列的农业公司，申请了签证。我并没有什么具体计划，打算先学一年语言，然后找一家本地公司入职。我也不知道自己为什么要放下多年来努力工作的成果、即将到手的幸福生活，到万里之外一个完全陌生的地方从头开始。唯一能确定的是，当“幸福生活”终于来到面前的时候，我本能地感到恐惧。

当然，这些不负责任、逃避婚姻的事情，不能和青木君实话实说。

“为什么来这里……可能是因为足够远吧。”我含糊地答道。

没想到青木君立刻抬头看着我，认真地说：“我到这里来，也是这个原因啊！”

“哦？”

“我在料理店工作时，就下了这样的决心：以后有机会一定要离开日本生活一段时间。原来以为至少要等到大学毕业，没想到大四就有海外交换机会，因此毫不犹豫地申请了。”青木君说。

“有这样的想法，是因为在料理店发生了什么事吗？”我问。

青木君低头想了一会儿，有些犹豫地说：“确实遇到一些奇怪的事，我从来没有和别人说过。总之，自那以后就想离开自己熟悉的社会。”

“如果青木君愿意讲，我很乐意听。”我说。

“林桑不会嘲笑的吗？听起来不可思议就是了。”他忐忑地又问了一遍，得到确定的答复以后，才慢慢讲起在料理店的见闻。为了避免语言上的麻烦，我们问餐厅服务生要来纸笔，边写边说。中文和日语有许多文字上的相似之处，有了纸面交流的辅助，比单纯聊天顺畅多了。

“我所在的那家料理店，是新宿一带的高档餐厅，主厨上过好些电视节目，预约的客人常常排到一个月之后。大家总说，我们的料理如此成功，是因为得到了神灵的青睐。”青木君话锋一转，“中国的厨师们有没有什么秘密仪式？”

“中国民间有祭灶神的传统。新年将至的时候，大家将贴在厨房墙上的灶神画像祭拜一番，给灶王爷嘴上涂蜂蜜糖浆，再放进灶膛烧掉。这样灶王爷上了天，就会说这家人的好话。不过，这都是很多年以前乡下的习俗了。”我说。

青木君点点头：“不完全一样，但也有相似的地方。在我们那里，每天晚上打烊之后，主厨都会把菜单上的寿司再做一份出来，摆在案前供奉。厨师们相信，只要做出来的食物足够优秀，主宰这些食物的小神灵就会光顾，附身在食物身上。这样，第二天这些食物就会特别好吃。这种传说并没有人真的相信，只是作为一个业内传统罢了。但是有一天晚上，我确实听到了寿司们在说话。”

“寿司们在说话？”这种事我还是第一次听说。

青木君见我没有嘲笑的意思，放下心来继续说道："那天夜里客人们走得很晚，我下班时已经没有回去的电车了，店长让我睡在大堂的柜台后面。隔着一面屏风，就是供奉寿司们的桌子。我累得厉害，很快就睡着了，没多久却听到了模糊的说话声。"

一开始，青木君以为是小偷，心里紧张极了，但他听到的是一连串愤怒的质问。

"凭什么我每天一睁眼就是一脑门子官司，头上顶着这么多事，你却可以在那里悠哉快活？"这是一个中年女人的声音。

"哪有悠哉快活，我事情也不少啊！工作上一桩桩一件件，还得应付烦人的上司，哪是你这种家庭妇女能想象的。"一个粗厚的男人声音回答。

"还好意思说。我每天早起做早餐，叫孩子起床，给你准备衣服，送孩子上学，买菜，做家务，做午饭，接孩子放学，陪写作业，陪玩，做晚饭，等你醉醺醺地回来，还要伺候你洗澡休息。你呢？说是工作多么忙碌，实际上这么多年也没有涨薪升职，无非是毫无出息地混混日子罢了！"

女人的声音提高了八度，紧接着啪的一声，一个耳光落在了谁的脸上。挨打的一方立刻大喊起来："你这个泼妇！"

青木君探出头来，只见摆着各色寿司的圆形大漆盘里热闹一片，争吵声正是从那儿传来的。隔着屏风的草绳缝隙，他看到寿司们纷纷站了起来，准确地说，它们虽然还是寿司，但更像是一群小人儿。正中站着的是三文鱼子寿司太太，她双手叉腰，气势汹汹，满头金黄色发卷摇摇晃晃。在她对面捂着脸的是玉米寿司先生，刚刚三文鱼子太太那一巴掌扇掉了他头上好几颗玉米粒，他不得不忍着怒火弯腰一粒粒捡起，重新放在自己头上。

“老娘当年是打字社的金牌文员，要不是因为嫁给你，怎么会落到今天这个样子！”说着，三文鱼子太太又扬起了巴掌。

一旁的寿司们纷纷拽住三文鱼子太太。三文鱼子太太气呼呼地伸出手，小心翼翼地按了按头上明晃晃的鱼子，确保发型没有受损，这才继续抱怨道：“你看我，一个月下来，做头发的时间都没有！”

“那你干吗嫁给我！”玉米先生捂脸叫道。

“他们说我跟你一看就是一对儿呀！”三文鱼子太太理直气壮地说，“谁知道这么多年过去，你还是满头玉米。”

青木君渐渐回过神来，明白自己这是遇见寿司之神了。他可从没想到，这些小神灵不但是一大家子，还是这么热闹的一家子。

在寿司们的劝说之下，三文鱼子太太消了消气，一屁股坐在盘沿上，揪过一片用来装饰的桑树叶子给自己扇风。

“反正，我们家玉子一定要嫁个像样的人，不能嫁给你这种不思进取的男人。”三文鱼子太太若有所思地说。

见危机解除，寿司们纷纷回到自己的位置，各自躺了下来，恢复了原先的样子。红黑相间的大漆盘子里又安静了下来。青木君等了许久，才从屏风后面小心地走出来。他迫不及待地凑到桌子前去查看那一大盘寿司，和平时并无两样。

青木君一度怀疑这是太过劳累导致的幻觉。不过，第二天营业的时候，一位老顾客咬了一口三文鱼子寿司，立即夸张地赞美起来：“今天的三文鱼子，味道好劲爆呢！”

自此以后，青木君就申请在店里过夜。

“反正也缺一个看店的人。让我住这里的话，我就不用急着赶末班地铁了，还可以有时间温习功课。”这是青木君的理由。

这天午夜，装寿司的大漆盘果然又热闹起来。一家人洗洗涮涮、出出进进、聊天抱怨，俨然四代同堂。

肤色莹白、面容圆润的带子寿司一边整理家务，一边心事重重地望向门口。八爪鱼寿司浑身醋味，醉醺醺地摔进门，公文包一甩，整个扑倒在萝卜丝团里。带子夫人见状，赶紧过去帮丈夫脱鞋。

“今天又是应酬吗？”带子夫人愁眉紧锁，留心着八爪鱼丈夫的脸色。

“嗯。记得收拾行李，明天又要出差。”他浑身散了架似的，动也不动。

听到丈夫的话，带子夫人的动作不由一滞，她缓缓从旁边拿过一件物事，低声说：“上次整理你‘出差’回来的行李，我看见了这个。”

八爪鱼丈夫眼睛一瞟，看清带子夫人手上拿的是一片鲜红的北极贝。他脸色一变，怒气冲冲地吼道：“谁让你碰我的东西！”

他劈手想把东西夺过来，带子夫人哆嗦着，紧攥不放。

“北极贝小姐的衣服，怎么会在你箱子里？”

“和秘书一起出差，行李拿混了，不是很正常的事吗？”八爪鱼丈夫心虚地梗着脖子。

“只是出差？”带子夫人眼泪汪汪。

“一起过夜了又怎么样，快把衣服还给我！”八爪鱼丈夫扑了过去，和带子夫人争夺起来。带子夫人不是对手，被推倒在一堆姜片上。

吵闹声惊醒了隔壁睡觉的孩子，一只小小的青瓜小卷睡眼惺忪地出现在门口。

“你们在干吗？”青瓜小卷问。

带子夫人连忙爬起来把青瓜小卷搂在怀里。八爪鱼丈夫趁机把北极贝小姐的衣服抢过来塞进公文包，恼怒地冲出房间，跑到醋溜海蜇皮的盘子里去了。

八爪鱼丈夫沉浸在酱汁中，伸出手臂左拥右抱：“还是这里好，谁愿意回家啊！”

带子夫人哄着青瓜小卷睡下，给他盖好紫菜薄毯，脸上还挂着两滴眼泪。

盘子的另一侧，一对衣着讲究的老头老太正在窃窃私语。

“我们怎么就这么倒霉，儿子娶了悍妇，女儿嫁了渣男。”老太太抱怨。

“好在我也活不了多少年月了，懒得看他们扯皮打架。”老头不以为然。

“瞎说些什么。”老太太扶他躺下，扯过一条三文鱼刺身给老头盖上。她自己盖上一条金枪鱼刺身，紧挨着躺在丈夫身边。

“你也是，我要是年轻时下得了决心，早就不跟你过了。当时喜欢我的那个男人，姓天还是姓罗来着？你记得吗？我们结婚以后，他还秘密地来找过我好几次，让我跟他走，唉，真可惜……”

金枪鱼老太沉浸在往事之中，兴致勃勃地一转头，发现三文鱼老头早已经打起了呼噜。金枪鱼老太黑着脸瞪了他一眼，无奈地一个翻身也睡了。

黑红相间的圆漆盘子里再次恢复了平静。

青木君留在店里过夜的次数越来越多，渐渐地，他对寿司的一家十分熟悉了：养老金充裕的金枪鱼奶奶和三文鱼爷爷是大家族的长辈，过着体面的生活；经常和妻子吵架的玉米先生是他们的长子，因为只是个普通的工薪族，结婚多年也没办法和妻子搬出去单住，令三文鱼子太太十分不满；贤惠温柔的带子夫人是他们的女儿，女婿八爪鱼先生虽然在商业上十分成功，却总是拈花惹草，带子夫人性格软弱，只得忍气吞声。带子夫人和八爪鱼先生有一个儿子，是正在读小学的青瓜小卷，敏感懂事。玉米先生和三文鱼子太太也有一个孩子，独生女儿玉子小姐。玉子小姐已经成年，据说十分叛逆，令全家头痛不已。为了玉子小姐的婚事，三文鱼子太太已经和她吵了好几次。

“再不结婚，还想等到什么时候呢？”三文鱼子太太质问，“难道要到打折时段降价出售？”

“这说的是什么话？女孩子的魅力才不会随着时间贬值，现在这个时代，只要独立就可以过得很好。”玉子小姐说。她穿着一条浅黄色的裙子，中间系一根黑色腰带，显得整个人甜美又干练。粉嫩白皙的脸蛋因为生气变得红扑扑的，更添几分可爱。

“找个合适的丈夫结婚，和独立不矛盾呀。”三文鱼子太太说，“上次那个海胆寿司我觉得不错，做投资的，光鲜体面。”

“不要！隔老远就闻到腥味，肯定比八爪鱼姑父还滥情。”玉子小姐说。

“那蓝鳍金枪鱼寿司呢？家境好，还有海外背景，和他结婚，你就可以一直在高档料理店生活了。”

“不要，他那条被子从来都只给自己一个人盖，一看就是自私的小气鬼。”玉子小姐说。

“那青花鱼、黄鰤鱼、比目鱼呢？总有一个适合的吧！”三文鱼子太太说。

“不要不要，统统不要！我才不要嫁给一个寿司，随便什么寿司都不要嫁！”玉子小姐坚定地说。

三文鱼子太太吓了一跳。“不嫁寿司？那你要嫁给谁？”

“你们都嫁给寿司了，结果怎么样，还不是糟糕得没完没了。我可看够了，决不要嫁寿司。”玉子小姐说。

三文鱼子太太具有一个母亲天生的敏锐，她立刻嗅出了一条隐藏很深的秘密信息。

“我知道了，你有结婚对象了。”三文鱼子太太说。

玉子小姐没有作声。

“谁？”三文鱼子太太追问。

玉子小姐深吸一口气，大无畏地说：“人形烧先生。”

“什么？”这下，大惊失色的不止三文鱼子太太一个，全家都围拢过来。

玉子小姐被困在正中，咬牙说道：“是，就是浅草寺门口的人形烧先生。”

“我的天，那可是游客才会去吃的低级大排档啊！难道你要嫁到那种烟熏火燎的地方，和烧烤大鱿鱼什么的做邻居？”金枪鱼老太脸色发白。

“到了那种地方，就再也回不来料理店了，以后有了小孩子，小孩子也只能当快餐！”带子夫人用手捂住了心口。

“才不会，我们会有自己的生活的。我已经和他说好了，再晚一点儿，他就来接我。”玉子小姐说着，看了看店里的挂钟。

三文鱼子太太一声没吭，咚地昏了过去，头上的鱼子滚得到处都是。

“快，掐人中，抹芥末！”带子夫人经验丰富，立刻喊了出来。一家人赶紧手忙脚乱地把三文鱼子太太抬到萝卜丝团上躺下，有的拿酱油给她涂太阳穴，有的把芥末抹在她鼻子下面。玉子小姐也扑到母亲身边，一脸焦急。

正在这时，空气中传来若有若无的音乐声，玉子小姐腾地站了起来。大家面面相觑，终于听出这是迎亲的乐曲，只不过吹奏得歪歪扭扭。

“他们来了！”玉子小姐说着，迫不及待地跑到圆漆盘子旁边。一眨眼的工夫，桌子上出现了一队盛装打扮的人形烧，领头的是个身材结实、五官端正、看起来踏实可靠的小伙子。小伙子欣喜地快步走向玉子小姐，一把抱住了她。

“这真是太好了！”两个人异口同声地说。

玉子小姐拎起裙子，想要翻过高高的盘沿，和人形烧新郎奔向新世界。三文鱼子太太睁开眼睛正好看到这一幕，惊慌地喊道：“快拦住她！”

一家人如梦初醒，赶紧跑过去拉住玉子小姐。玉子小姐着急地拽住新郎：“快，救我出去！”

迎亲的人形烧们一看势头不对，纷纷扔下乐器，撸起袖管，加入抢亲的战斗中来。一时间盘里盘外一片混乱，惊呼喊叫不绝于耳，刺身、鱼子、紫菜、玉米、芥末、酱油满天飞。

大家打得不可开交，金枪鱼老太双手一摊，劝三文鱼子太太道：“玉子要跟谁结婚，就由她去好了，做父母的就别帮年轻人拿主意了。再说，你的生活也好不到哪里去啊。”

三文鱼子太太睁大了眼睛，怒不可遏地叫道：“我的生活一团糟，还不是因为和你儿子在一起？我就是为了女儿不重蹈覆辙，才要仔仔细细地帮她挑一个丈夫。”

“咦，我哪里对不起你？结婚二十年天天被你数落，竟然从来没有出轨，这么忠诚的丈夫去哪儿找？”

玉米先生莫名其妙被三文鱼子太太的枪口扫到，毫不客气地反驳。

“哈，你倒是没有出轨，那也得看看你有没有出轨的本事呀！薪水都不够生活，还想讨好年轻姑娘吗？像八郎那样，生意做到那么大，想怎么出轨自然都行。”三文鱼子太太一针见血。

八爪鱼先生脸上一阵红一阵白，还没开口，带子夫人已经奋不顾身地冲到了前面：“关八郎什么事？嫂子你给玉子物色的那些相亲对象，不是三番五次地请八郎帮忙找来的吗？那个时候倒是很欣赏八郎人脉广啊。”

七嘴八舌，互不相让。三文鱼老头闷了半天脾气，爆发似的大吼一声：“行了行了！不要再吵了！都是些不光彩的事，有什么好说的。”

带子夫人忽然哭了起来：“父亲总是这样，专断独行，只要表面上风平浪静，就不管别人心里的感受。什么都不许抱怨，什么都不让说。一定是因为从小在你身边长大，我才会变成现在这个懦弱的样子吧！”

三文鱼老头一愣，鼓着眼珠答不上话。一个细细的身影从乱成一团的萝卜丝堆后面冒了出来，是青瓜小卷。

“玉子姐姐呢？”他怯生生地问道。

大家这才发现，玉子小姐、人形烧新郎、迎亲的队伍，全都已经消失得无影无踪。空气里弥漫着不属于高级料理店的大排档食物气味，曾经属于这里的玉子已经永远地离开了家。

披头散发的三文鱼子太太捂脸痛哭起来，冲着店门外玉子小姐离开的方向喊道：“过不下去了就回来呀——”

第二天一早，到店里来上班的员工们都吓了一跳：供奉在桌子正中的圆漆寿司盘里，头天晚上排列整齐的寿司们全都变了模样，米饭和刺身搅一起，洒得到处都是。

“这是怎么回事？”店长问青木君。

“这个……我也不清楚。”青木君撒了个谎。

店长虽然不太相信，但也没有继续追究，只是此后不再让青木君在店里过夜了。过了一段时间，学校开始期末考试，功课压力很大，青木君只得辞掉料理店的工作，专心复习。

“再后来，新找的兼职就是在学校附近给小孩子当辅导教师，或者给教授们做助理，总之没有再去料理店工作过。虽然时常想起那一大家子寿司，但这种事毕竟有些奇谈怪论，因此也没有说给旁人听过。”青木君顿了顿，缓缓道，“倒是很久以后，我有一次去浅草寺求签，鬼使神差就走到小吃街上去了。远远地一眼就看见了人形烧的摊位，排着好长的队伍，招牌上除了画着人形烧，还画着玉子烧和章鱼小丸子。”

“啊！都有孩子了啊。”我说。不知怎么的，我不但完全相信了青木君的故事，而且自然而然地觉得章鱼小丸子应该就是玉子小姐和人形烧先生的孩子。这么说来，玉子小姐逃出料理店，也算是一个结局圆满的冒险了。

“然后……我绕着走开了，尽管心中惦记，但始终没有去看一眼玉子小姐。”青木君说。

“这是为什么？”我感到不解。

“这个……”青木君犹豫再三，缓缓说道，“在料理店那些晚上所目睹的事，一直在我脑海里无法忘记。联想到自己的家庭，或多或少有些相似。我的两个姐姐婚姻都很不幸，母亲就更不必说了。虽然都是美好的女性，但最后都成为了繁育下一代的工具、家里的摆设、不要钱的用人。也许我过于悲观，但我总忍不住去想，如果玉子小姐嫁的是好脾气的踏实丈夫，她也许会像三文鱼子太太一样，因为生活窘迫成为焦虑的妻子；如果嫁的是前途无量、衣食无忧的潜力股丈夫，她也许会遇到带子夫人那样的悲剧，成为哀怨的妻子；如果她运气十分之好，嫁的丈夫既忠诚又殷实，那么到了晚年，多半也会像金枪鱼老太一样，因为失去了自由的一生而遗憾。虽然逃出了高级料理店的漆盘，实际上也无非这几种结局。这其中的任何一种，都是我所不愿意看到的。玉子小姐聪慧美丽、坚忍执着，我希望她永远是我记忆中的样子。”

这一大段话，远超出了青木君可以用英语交流的范围，借助纸笔、单词、手势，我花了很长时间才搞明白意思。不知不觉间已是后半夜。我没有想到他说出这样悲观的话来，一时间也陷入了愁绪之中。青木君越说越激动，索性放下手中的纸笔，用日语讲了一长串问句。

我们看着彼此，默不作声。他平静了一些，打开手机上的翻译网页，把刚刚那番话翻译成勉强能懂的英文，递到我面前：“如果我在自己的国家工作、生活、结婚，必定会有一个女孩成为我的妻子，付出她自己的前途、时间、健康、青春和精力，来照顾家庭，照顾我的生活。可是我又有什么资格让别人做这样的事呢？自己选择的结婚对象，多少是喜爱的女性，把自己喜爱和欣赏的对象推入婚姻这样万劫不复的深渊，难道是爱的表现吗？”

我想起了我和阿雅在家具店的那个下午。我没有任何与她分手的理由，然而长久以来困扰我的三柄利剑同时掉了下来：对即将到来的家庭生活的恐惧，对自从决定结婚起就不断消逝的少女阿雅的痛惜，对将要在生活中受尽磨难的未来阿雅的哀悼。我看到我们站在开满鲜花的悬崖上，当婚礼进行曲奏完，就会无法回头地坠入深渊。

悬崖上的阿雅对我说：“白色家具便宜，但黑色的折扣力度大，到底买哪个划算呢？”

我不愿意她落下去，为了我这样一个不值得的人。在那一瞬间，我决定把她推离悬崖。

“公司要派我去海外。”我说。

就这样，一切都回到了正确的轨道上。

篝火渐渐熄灭了。星子暗淡，这是天亮前最寒冷的时刻，也许是我有生以来度过的最寒冷的一个黎明。刺骨的冰凉让我和青木君不得不抱住膝盖缩成一团，咬紧牙齿，一言不发地对抗寒意。在湖面呼啸的冷风中，映照着微弱朝霞的云彩上，我的眼前浮现出阿雅活泼的面庞。

请不要辜负这一生！我在心中向她喊道。

假期结束之后，我和青木君回到学校。我们之间又像之前一样礼貌客套，除了偶遇时点头问好，鲜有往来。几个月后，青木君结束了交换留学的课程，准备回到东京去参加毕业典礼。我们一起在市中心的餐厅里吃了一顿饭，当作饯行。那次我们的话题只有他回国后的求职计划，没有其他。

我没有再回国内。结束了语言学校的课程，我辗转在以色列的各家公司之间，卖过葡萄柚、西红柿、果树苗、滴灌设备，后来又学了一点儿阿拉伯语，在约旦和土耳其工作了一段时间，还在迪拜当过珠宝销售员。奔波辗转，一晃好几年过去，青木君再无消息。日本大地震那年，我因为工作原因在东京过圣诞，特意按照他以前的邮箱地址写信询问近况，意外地收到了回信。

他在邮件里附上了一家三口的近照，用十分快乐的语气写道："林桑，结婚也没有那么罪恶，千万要试一试啊！"

日暮降临，浅草寺外的街道人来人往，店铺亮起闪烁的招牌，食物的香味带着热气四处飘散。我裹挟在滚滚红尘之中，任汹涌不息的人潮将我淹没。

洗碗工招聘指南

曾经与几个熟悉餐饮业的朋友聊天，听说了许多妙趣横生的事。

有一位宋老板，是开连锁餐饮店的，主要经营写字楼快餐。快餐生意虽然看起来稳赚，实际上因为门槛不高，竞争相当激烈。想要出人一头，除了用料、卫生、口味以外，提高翻台率也是制胜法宝。宋老板开店时间不长，但在业内已经小有名气，主要就是因为在翻台率上高人一筹。

“快餐店门面小，一来买不起大功率的洗碗机，二来洗碗机洗一次的时间太长，根本适应不了翻台速度。如果大量采购餐具，又得找地方囤放，所以大家都是雇洗碗小工来洗。但是要找到勤奋努力手脚快的小工，也不容易。”

宋老板窝在度假酒店的海滩躺椅上，和李老板一人抱一只冰镇椰子，边喝边聊。李老板是互联网时代的资深创业者，在运营了煎饼、美甲、外卖、牛腩面之后，又开始进军鲜榨果汁领域。他的果汁品牌热度很高，但线下用户体验却总是提不上去，调查之后发现，是因为排队等待时间太长。李老板听说宋老板的翻台率业内闻名，便专程来请教。

“为了体现我们果汁的新鲜卫生，水果都是顾客下单以后，当着他们的面清洗的。一杯果汁有时候需要好几种水果，洗、切、榨，总得要那么些时间。于是客人就不耐烦了。可是我也不能把工厂用的清洗机器搬进商场啊！”李老板发愁地说。

“所以嘛，就要找到合适的人，来做清洗的工作。”宋老板神秘地开了个头，却不肯说下去了。

李老板识趣，连忙抱着椰子挪到宋老板的沙滩椅上，诚恳地说：“你快透露给我。”见宋老板仍不为所动，又补充道：“我跟你买这项管理技术，你开价多少，我回去就签合同、打款。”

宋老板转过脸来，笑眯眯地说：“哎呀，你这个人就是这么认真，我哪会跟你要钱，咱们可是黄河商学院的同学啊！你想知道的，我保证一五一十都告诉你。”

原来，宋老板一度也为此困扰了很久。他试了很多方法，比如亲自监督洗碗，设立绩效奖金，甚至试图培训自己的洗碗队伍等等，始终不奏效。原因很简单，洗碗是一件没多大前途的工作，大部分人只把它作为初到大城市暂时立足的跳板，没有谁想要一辈子做下去。因此，没有人花心思在洗碗上，也不肯好好接受培训，跳槽频繁。要是能找到“真正热爱洗碗的人”就好了！宋老板想。可是，哪会有这种人呢？快餐厅的玻璃外墙上常年贴着“招聘洗碗小工，包食宿，待遇从优”的牌子，但宋老板心仪的洗碗工从来没有出现。

一个秋天的下午，宋老板在店里盘账。一个中等个头、圆脸的男人犹豫着进了店，宋老板一开始以为他是来吃饭的，就告诉他下午是闭餐时间，晚饭五点才开始。但圆脸男人指了指门外褪了色的招聘告示，腼腆地问：“你们这儿还招人吗？”

宋老板一听，话里还带着乡音，估计是刚进城不久。

“你会干啥？”宋老板随口问。

“我会洗碗。”对方说。

“会洗碗的人可多。”宋老板说。

“我只会洗碗。”对方说。

宋老板来了兴趣，打量了对方一眼。这人不胖不瘦，看起来结实灵活，头发有些蓬乱，耳朵很大，两只眼睛圆溜溜的，黑眼圈挺明显，可能是为生计奔波没有睡好。天气并不是很冷，但他穿一件棕灰色的毛衣，脖子上还系着一条黑白相间的围脖。

“只会洗碗，啥意思？”宋老板端详着眼前的应聘者，在头脑里思索。

“就是说，只要能洗碗就很高兴，浑身有劲儿。洗碗洗得又快又好，除了洗碗，别的什么也做不来。”对方说。

“还有这事？”宋老板惊讶极了，“真有喜欢洗碗的人？”

“是啊！”对方诚恳地说，“看见可以洗的碗就手痒，一天不洗就觉得心里空。”

“话可不能说这么满，你先试工一天再说。”宋老板说。

很快到了晚餐高峰期，宋老板把新洗碗工领进后厨。客人陆续光顾，用过的碗碟很快源源不断地送了进来。新洗碗工双眼发亮，卷起袖子，双手翻飞，水花四溅。他一手擒碗，一手拿刷碗布，碗在水龙头下飞速旋转，在泡沫浮动的水池里造出一个旋涡。不一会儿，旁边就垒起了一摞洗得干净透彻的碗碟。宋老板和其他人目瞪口呆地看着新洗碗工全神贯注地洗碗，连上菜都险些忘了。

客人越来越多，成堆碗碟涌进后厨。往常这个时候洗碗工们已经怨声载道，洗不过来的碗堆积如山，不慎打碎也时有发生，然而今天因为有了新来的洗碗工，送进来的盘子几乎没有积压的时候。

这天的营业结束以后，宋老板把新洗碗工单独留了下来。

“你以前在餐馆干过？”宋老板问。

“没。”对方说。

“你打算要多少钱？”宋老板在心里盘算着。

“无所谓，只要管吃管住，有水果吃就行。”对方说。

宋老板心里咯噔一下，生了几分怀疑。确实有危险分子为了有个容身之所到处打工，甚至连工钱都不要，电视上说的那些逃犯不就如此吗？

“你老家哪儿的？姓什么？”宋老板警惕地问。

“姓熊，老家在山区。”对方说。样子不像撒谎。

宋老板再一次端详眼前的应聘者，本想问他要身份证，后来一想，即使他真的拿出来，说不准也是假的。于是索性没有开口。

衡量再三，宋老板还是决定把这人留下，带着他去了员工宿舍。

到了铺位前，宋老板看着熊洗碗工打开他随身的小背包，发现里面除了换洗衣服几乎空空如也，只有几个苹果。

“那么就按我们商量好的办，工钱我不会少你。”宋老板说。

“水果也不能少。我吃素，每顿都要吃水果。”熊洗碗工说。

这个要求让宋老板感到无奈，但他知道跟这个人理论也没用，便一口答应下来，安排采购每天买菜时专门给熊洗碗工带几个水果。

就这么过了两个月，熊洗碗工的工作无可挑剔。有了他，无论客流多么汹涌，后厨都能顺利运转，游刃有余。快餐厅的翻台率果然增加了不少，宋老板心花怒放。只有一件小事略微麻烦：和熊洗碗工同宿舍的洗碗工纷纷抱怨他只要不上班就在吃水果，大半夜也吃个不停，咂嘴声吵得别人睡不着觉。宋老板心想，我才不会为了你们的感受就辞退熊洗碗工呢，说起来，要是能再招一个他这样的洗碗工，就可以把你们这几个慢吞吞的人都开掉了啊。

说到这里，宋老板歇了口气，抱起椰子喝了几大口。李老板早已听得入了神。

“这种人物，恐怕不是我们这一类吧？”李老板问。

“说的没错。”宋老板说，“我也一早就有怀疑。”

“后来呢？”李老板忙问。

“后来嘛，我的好奇心越来越大，又不能明目张胆地问，就想了个法子，一探究竟。”宋老板说。

做生意开店的人，多少有点信风水，各路大师也认得几个。宋老板亦不例外，手机上就存着一个“慧眼大师”。宋老板拿了一饼陈年普洱茶去拜访大师，把这件事简略地说了。大师微微一笑，说：“这好办，我心中已有分寸。下月初你假装请我去看风水，我自然要在你店里勘察一番。到后厨时，你便趁人多偷偷地把那个洗碗工指给我看，我只消用照妖宝镜轻轻一照，就知道他到底是哪里的神仙了。”

宋老板大喜，又恳求大师只照妖、不降妖。毕竟这样的洗碗工十分难得，宋老板此举只为满足好奇心，并不求把话挑明。

转眼到了下月初，大师依计前来店里勘察风水，装模作样一番。见用餐高峰已至，众人忙碌，大师便说：“哎呀，忘了后厨了，这处宝地的风水不可不看。”

大师随宋老板到了后厨，果然看见一个蓬头洗碗工正在发奋刷碗，目不旁视。大师心中暗奇，走到洗碗工身后，从怀里掏出照妖宝镜，兜头一照。宋老板心跳如鼓，一来担心大师行动暴露，洗碗工撕下伪装吓坏客人；二来担心这么一照，照出洗碗工当真是什么了不得的妖怪，凶吉难卜。见大师睁大双眼，宋老板赶紧揣着一颗到了嗓子眼儿的心凑过去一瞧——

镜子里不是凶神恶煞，也不是眼前这个洗碗工，而是一只毛茸茸、圆乎乎、黑眼灰毛、前肢短小的动物，身后还拖着一条黑白相间的尾巴。宋老板一愣，大师已经不动声色地收好镜子，继续在后厨指点了一阵风水，两人便赶紧退出屋外。

宋老板问：“那是什么东西？”

大师笑道：“你没见过？”

宋老板说：“可能见过，名字叫不上来。”

大师哈哈大笑：“有事儿没事儿爱洗东西，每顿必须吃水果，我说是啥，原来是浣熊啊！”

宋老板恍然大悟：“是浣熊啊！”

大师说：“可不。除了浣熊，还有谁天生爱洗碗？

这么说还真是很适合做洗碗工呢。”

宋老板由忧转喜，问：“是不是也不用防着了？没什么危险吧？”

大师说：“放心吧，这一类性格温和，只要吃饱睡足，没什么麻烦事。不过，他们有点死心眼儿，最恨反悔，如果有人答应了他们什么事情又中途不算数，那恐怕要倒霉。”

说到这里，宋老板停下故事，看了一眼李老板。后者还沉浸在惊愕之中。于是宋老板接着讲他的故事。

那天送走大师，宋老板心花怒放，出门买了一篮子水果，刻意找熊洗碗工谈话。谈话内容很简单，宋老板只问了一个问题：“小熊啊，我看你做事不错，你们那儿的人估计都有你这个优点，你能不能再给介绍几个老乡过来？”

熊洗碗工答应了，回了一趟老家，不久后带回来好几个和他一般身高、一般长相、一般口音的老乡。宋老板备下各色鲜果，热情款待，绝口不问这些人来自何方。第二天，宋老板辞退了原先的小工，全部换成熊洗碗工的老乡们。这样一来也没有了宿舍室友抱怨的问题，反正都是他们一类住在一起，爱什么时候吃水果都行。

此后，后厨工作效率飞涨，店铺越来越红火。很快，宋老板开始筹备开分店，没多久又有投资人找上门来，要他开成连锁餐饮。这一切自然都是高效的浣熊洗碗工的功劳。谁也不知道宋老板的店为什么翻台率这么高，人工成本又这么低。

听到这里，李老板不禁露出艳羡的神情：“我花了多少力气才说服投资人，没想到你毫不费力，反倒让他们上门找你。”

“我并没有什么长处，听说浣熊福相，招财神，我运气好估计是因为店里有他们在吧。”宋老板说。

李老板的心又动了一下。

“你看，我可是看在咱们同学的份儿上，才把商业秘密告诉你。”宋老板拍拍空了的椰子，对李老板说。

李老板连连点头：“我知道我知道，绝不会说出去一个字。”迟疑片刻，李老板换了试探的语气开口：“话说，要是我也能招聘浣熊来洗水果，就再也不用发愁顾客投诉的问题了。宋老板，你看，你能不能，让你的浣熊也给我介绍几个员工？”

宋老板似笑非笑地看着李老板，李老板一阵心虚，赶紧赔礼道歉：“宋老板，你别误会，挖墙脚这事儿我是不干的。我就是说，浣熊也有就业问题，咱提供工作岗位待遇优厚，帮助它们脱贫致富，也挺好的……”

宋老板摆摆手，打断了他：“李老板多虑了。这点小忙我是愿意帮的。不过嘛，你要是也能帮帮我的小忙，就再好不过了。”

“什么忙？你说！”李老板拍了拍胸脯。

“你们做鲜榨果汁，水果进货有专门的渠道吧？据说都是海外专送，有机优质果源？”宋老板问。

“那还用问，我们的供应商精挑细选，每天送货，来的都是一级果。这种水果在市场上很少，有钱都不一定买得到呢！”李老板骄傲地说。

“那就好。你看，我们公司浣熊这么多，每天都得吃掉成筐的水果。我们做快餐的企业，对水果哪有研究？也没有合适的进货渠道。你能不能去你的供货商那儿，给我们预购一年的水果？你把费用一次付清，让他们每天给我们送一批鲜果就行。这笔钱就算是我把浣熊们介绍给你的中介费。”宋老板说。

李老板愣了愣，万万没想到对方会提这么个要求。一年的水果费用虽然不少，但比起他的当务之急来，实在也不算什么，毕竟花的是投资人的钱。而他的果汁店如果用户体验再上不去，投资人就有撤资的风险啊！脑子里这么一转，李老板顿时分清了轻重缓急，语气坚定地说："小意思，我这就办。"

宋老板也说话算数，见到水果公司的供货订单、收到第一批鲜果之后，立刻给李老板的果汁店安排了几位洗碗工，哦不对，应该叫洗水果专员。这批专员成了李老板集中宣传的招牌——现洗现榨，新鲜洁净看得见。

夜深人静，宋老板的店打烊关门。一群浣熊欢天喜地地围坐桌前，等着宋老板给他们发水果。一双双圆溜溜的眼睛充满向往。

"这种进口水果就是好吃！"浣熊们双手捧着水果，埋头享用，不时发出赞叹。

"没想到老宋的法子当真管用，人类真是好骗啊。"一只浣熊说，"不过，他们应该很快就会发现我们并不会洗水果吧？"

浣熊们想象着自己的同类手忙脚乱地对付那些圆滚滚的水果的场景，爆发出一阵大笑。

"而且，这次被推荐到那边的竟然还有爪爪乔——那个家伙和我住一片林子，手短得连屁股都挠不到，居然要去，洗，水，果！”另一只浣熊说。桌边又爆发出一阵大笑。

“发现了又怎么样，雇用浣熊洗水果这种事情，他们不敢公开的。何况他们已经预付了一年的水果费，这一年我们都有上好的免费水果可以吃。”宋老板沉稳地说。眼下，他不再是和李老板一起坐在沙滩椅上度假的人类模样了。他脱下了西服和衬衫，换上了自己的棕灰色毛衣，系上黑白相间的围脖，瞬间就变回了一只浣熊的样子。即使如此，也是一只颇有威信、沉稳大气的浣熊。

“说真的，老宋，你是怎么想出这法子的？”一只浣熊嘴里塞满了苹果，含糊不清地问。

“哈，还不是黄河商学院里学来的套路。现身说法，诱之以利，再打消顾虑，对方十有八九要上钩。”另一只浣熊代替宋老板回答道，“人类只想着发财致富，才不会明白骗来的果子最甜这个道理。”

“如果对方发现我们派去的人不会洗水果，想要反悔怎么办？虽说他们预付了一年，但说不定也会强行取消。”之前的那只浣熊说。

“绝对不会，”宋老板微微一笑，“你们刚刚说的套路里还少了最重要的一条：讲明利害。我早与李老板有言在先：大师说了，浣熊最恨反悔，如果有人出尔反尔，一定会遭到报复。我笃定李老板不敢冒这个险。放心吃你们的水果就是了。”

“话是这么说，但一年到期以后怎么办呢？”一只年轻的浣熊仍然有些担忧。

旁边的大个子浣熊在它头上敲了一记：“管那么多！一年以后，我们早就找到新的法子骗人类了啊！”

这句话一针见血，浣熊们再也没了顾虑，低头大嚼起来。四下里弥漫着水果甜美的香气，和一片欢快的咔嚓咔嚓、吸溜吸溜之声。

老鼠旅馆

去年冬天路过安徽黄山，听说了一件关于老鼠的事。

舟山有一位颜料商人，姓胡名搏，为人诚恳，勤奋正直，然而时运不济，又不肯转行，一连几年都赔了本。到了这年腊月，合伙人卷走了账上仅剩的一点儿款项，不辞而别，胡搏只得变卖家当，拼凑盘缠，遣散伙计，关闭店面。

生意失败，胡搏恐遭亲友奚落，不愿回乡，但年节将至，流落在外，更添忧愁。他平素经营文房四宝，常在屯溪一带，恍惚中一路到了黄山。见天地之大，峻岭崇山，却处处艰难险阻，心中起了弃世之念，但见山巅一缕阳光破云而出，落在山下一处村落，又觉似有神启。

胡搏依着这点光，下山寻到了那处村落。此地名叫许村，隶属黟县，位于黄山古道咽喉之地，自古商贾繁荣，人杰地灵，明清以来，还出了不少朝中大员、书画名家、师爷谋士，后来因为不在主线公路规划上，这才逐渐湮没，鲜为人知。

胡搏行至村口，只见水塘碧如寒玉，牌楼端秀雅正，青石板小路舒展延伸，两侧民居高低起伏，皆是明清旧制。再往村中行去，街巷村坊、老宅深院、祠堂私塾一如旧时，小桥流水，巷陌千千，黄发垂髫，怡然自得，仿佛一处避世桃源，时光荏苒，百年一瞬。此时天光渐暗，家家点起灯火，炊烟飘上青天，胡搏腹中饥饿，见一处老宅前挂着“食宿酒菜”的牌子，便走了进去。

在胡搏之前走进许家大宅的，还有三个人。这三人围坐一张八仙桌，面前一盆酱红色烧猪肉，一碗炒土鸡蛋，一盘翠嫩大白菜，每人手旁还有一只画着本地景点的搪瓷茶缸，泡着黄山菊花茶。为首的男人衣着虽然低调，腕上却套着一大把镶金镀银坠白玉的紫檀手串。他对桌上菜色视而不见，右手盘着两颗鎏金核桃，左手燃着一支雪茄，兀自沉思。尽管是冬天的夜晚，脸上仍稳稳架着一副墨镜，看不出神情。

他的两位手下各有千秋。左手一人虎背熊腰，怒发冲冠，两只胳膊一架，稳占八仙桌一边。天气寒凉，他却只穿一件大红短袖，脖颈后面露出一条青龙文身的一鳞半爪。面前一只海碗堆满饭菜，他端起来只呼呼两下就见了底。见此情形，桌子对面伸过一只白净修长的手来，一把按住了碗。

“旺仔，吃那么多可以了，仁哥还没有动筷子呢。”说话的是坐在旺仔对面的文弱男子，此人肤色白皙，戴一副银边眼镜，穿一件灰色商务休闲上衣，呢子大衣整齐叠放一旁。旺仔被他提醒，当即端起海碗，拨了半碗到仁哥碗中。

“仁哥，吃肉。”旺仔又哗哗拨了半碗青菜到对面碗里，“唐先生，吃菜。”

仁哥看着碗里沾满饭粒的肥肉，叹了口气：“算了，体检胆固醇高。来了几天，山南水北跑了一圈，也没开张，我和唐先生一起吃素吧。”

唐先生做这一行，为了鼻子灵敏眼光精准，常年吃素。见仁哥不思茶饭，他也放下了筷子。

“今天我在光明顶俯瞰苍生，到处灰蒙蒙一片，只有这个地方金光闪闪。再一看山河走势，黄山一脉的腰窝，正落在此处。这里的风水卧虎藏龙，历朝历代出了那么多大官，孕育出什么灵物不在话下。”唐先生低声说，“老鼠这一类本就聪明，一般的老鼠都和人类智商差不多，更别提白毛鼠了。这东西要不神出鬼没，岂不是人手一只？”

“咱们潘家园的窝点，耗子老多了！千里迢迢上这儿来找，愣是一只没找见。”旺仔愤愤不平。

“跟你说了多少次，是公司，潘家园的公司！不思进取的东西，把企业文化背一遍！”仁哥来了脾气。

旺仔挨了训，认真背诵：“百年传承，低调做人，挖地……脚踏三尺，共创奇迹。”

仁哥拍案而起，唐先生连忙使个眼色，指指门外。只见黑漆大门吱呀一声被推开，外面进来一个冒着寒气的男人。男人似乎对老宅内部的古典雅致颇感意外，退后一步，定睛看起了门外的介绍。冷风灌进堂屋，前台埋头刷手机的小妹不满地站起身开骂：“谁把门敞着呀？冻死个人！”

这男人便是胡搏。他吓了一跳，连忙解释：“不好意思，我是想看看介绍……”

“一个牌牌有啥子好看？许家大宅，五百年历史明代院子，徽派建筑经典，文物保护单位，现在是特色旅馆。行了吧？要不要进来嘛？”

胡搏进了堂屋，四下张望：“请问你们这里有晚餐吗？”

“有嘛，自己交钱，去厨房里打。”小妹二十出头年纪，一面飞快地嗑着瓜子，一面眼睛盯着手机屏幕不放，“墙上二维码你自己扫，哎呀，被你一打岔，耽误别人给我刷火箭。”

胡搏老老实实扫了码交了钱，径自去厨房打饭。八仙桌旁的三个人本来警惕地盯着来者，这会儿也都放松下来：一个旅游过路的憨货，不足为虑。仁哥敲敲桌子，继续刚刚的话题：“企业文化，第二段呢？”

“我们不是盗墓贼，我们只是历史的搬运工。”旺仔诚恳地回答。

胡搏打了一碗米饭，盖了几片豆腐，也拿搪瓷缸子倒了一杯茶。天色不早，他想投宿于此，又担心房钱太贵。前台小妹早看出他是个穷鬼，故意扯大嗓门：“嫌贵住一楼铺位间嘛！但是哦！一楼晚上闹老鼠！我们这是老房子，夹壁里，地基里，全是老鼠！”

仁哥三人本已结账，听了老鼠二字，心中嗵地一跳，跨出大门的脚又收了回来。

胡搏犹豫：“怎么不放老鼠夹子老鼠药呢？”

“没得用！我们这里都是白毛老鼠，哪个都抓不到。你想清楚再住，不要回头写差评！”小妹伶牙俐齿，仁哥却已完全不在意后面的话了，踏破铁鞋无觅处，柳暗花明又一村。

唐先生面上波澜不惊，心中也激动得厉害，温文尔雅地摸出身份证递给小妹："要个一楼的三人间。"

小妹对唐先生青睐有加，接过证件抿嘴一笑："你叫唐沐呀？我叫娇蕊。"

胡搏也掏出证件递给小妹，小妹撇撇嘴："这是什么名字嘛，胡搏胡搏，那不就是瞎折腾嘛！"

一会儿工夫，一楼两个廉价铺位房间都有了房客，靠东一间是胡搏，靠西一间是仁哥三人。夜间寒气袭人，四人各自回房，紧锁门窗。

许家大宅五百年历史，全由木材建成，房间与房间之间是夹壁，楼上楼下之间是隔层。胡搏早早打开电热毯，只觉房中异香扑鼻，倒头便着。仁哥三人却精神抖擞，往隔壁屋中吹完迷香，又取出雄黄、艾叶、特制捕鼠机关。唐先生从祖上习得捕鼠之术，靠的就是这三样宝贝：雄黄驱动蛇蚁，惊扰老鼠；艾叶烟熏通道，驱逐老鼠；最后守株待兔，闰土捕鸟，一举拿下。

是夜月黑，午夜过后，老鼠们果然响动起来，一开始窸窸窣窣，溜达试探，很快七手八脚，东奔西跑，紧接着策马奔腾，风起云涌。唐先生一声令下，三人将雄黄撒在各处地缝之中，再用艾叶点燃塞住墙板裂隙，只留一处出口。瞬息之间，夹壁中一片大乱，无数脚步夺命狂奔，无数尖细嗓音喊叫，好似千军混战，万人逃亡。一片鼠声蹿上房梁，仿佛贴着人的后背爬上头顶，毛骨悚然。听得它们从狭窄房梁上飞快跑过，三人连忙仰头，却不见老鼠踪影，只见灰尘绵绵不绝落到白被单上。仁哥三人原本志在必得，此刻被狂暴的老鼠团团围住，不免各自心惊。旺仔往唐先生身后挪动，唐先生却不照顾他心情，抬手关了电灯。

“不要出声，一支烟工夫，就能抓到。”唐先生冷静叮嘱。

一片漆黑中，声响被无限放大。床头柜后面、脚下木地板里面、四面八方夹壁之中，全是乒乓声响。逃亡的老鼠在狭窄的通道里拥挤踩踏，试图破壁而出。旺仔连问数声“抓到没有”，仁哥也捏着汗，只觉得墙壁地板、屋顶天花，都已不是坚固木料，而是变成涌动的麻布帷帐，磨牙声、撕咬声、啃噬声不绝于耳，只待某个薄弱之处被攻破，成千上万的老鼠便会倾泻而出，堆满客房。突然梁上一声尖叫，一团物事坠落而下，直扑唐先生脖颈。唐先生身手敏捷，侧身一甩，将那东西甩到旺仔身上。旺仔大叫一声，膝下一软，咚地跪地，仁哥抬手啪一掌拍上电灯开关，屋内瞬间大亮。

鼠影全无。只见地上床上落满灰尘，灰尘上全是纵横脚印，床脚瓶罐翻倒，艾叶全部熄灭，墙上裱糊黄纸多处毁坏。老鼠们当真进来过！唐先生脸色也白了，匆忙检查捕鼠器，重重松了一口气："抓到了。"

仁哥将旺仔从地上拽起，三人检视战利品，只见一只白毛老鼠被捕鼠器夹住一条腿，双目紧闭，不知死活。唐先生道声得罪，便要将鼠装入笼中，那鼠忽然双目圆睁，猛地露出一排獠牙。拿着笼子的旺仔手上一抖，竟被那鼠夺路而逃，飞快地钻进墙缝里。唐先生暗道不好，那鼠既然知道这屋里都是对手，自然往隔壁房中去了！功亏一篑，好不沮丧。

胡摶一觉睡到天光，坐起身来才看到，一旁昨晚空着的铺位上竟然睡着一个老翁。这人须发花白，下巴精瘦，颧骨高耸，约莫六七十岁年纪。老翁姓许，是昨天夜里入住的本地客人，说是原本要去邻村看望亲戚，结果喝酒误事，山路上崴了脚，只得就近投宿。

"年轻人好福气，睡得不是一般的沉！"老许酒气未消，嗓门尖细，"夜里那么大折腾你都不知道。"

胡搏这才意识到，自从诸事不顺以来，自己难得睡了个整觉。

“年轻人，你替我去买一副膏药，再买些吃食，送进房来。”老许吩咐。胡搏左右无事，一一答应。走在清晨的街巷中，他发现家家户户贴的门神年画并不是寻常图案，而是各色老鼠，甚是奇特。

仁哥三人既已失手，此处恐不易再得，打算吃了早饭便走。胡搏买膏药回来，见八仙桌已被三人占据，便端上两份早饭欲回房中。仁哥见了，心中一动，叫住胡搏：“这一份是给哪位的？”

“昨夜来的客人，”胡搏道，“崴了脚，下地不方便。”

这一句回答便如平地惊雷，三人同时放下筷子。唐先生推推眼镜，斯文一笑：“巧得很，在下学过一点儿医术，专治跌打损伤。不如我随你回房，给那位客人看看。”

胡搏并未多想，道了谢，引他们回屋。房门刚一打开，他只觉背后一股大力，自己被重重甩在一旁。旺仔泰山压顶，一步跨入室内，扑到老许床边，电光火石之间，一柄小刀顶住老许的喉咙。胡搏正要大叫，被仁哥捂住了嘴，同款小刀也抵上了他的脖子。

唐先生掀开老许裤腿，只见脚踝处一排红色伤痕，正是捕鼠机关齿痕模样。眼前这位老许，竟然就是昨夜从夹壁中逃离的白毛老鼠，不仅胡搏目瞪口呆，仁哥亲眼所见，也有几分难以置信。

修炼成形的老鼠，被称为白毛鼠。白毛鼠的存在，既是文玩行公开的秘密，也是少有人能证实的传说。千百年来，人有人路，鼠有鼠道，人在地面上过光鲜日子，老鼠们在地下另有富贵。那些被财主、土匪、贪官、山贼埋在地下又忘了取走的金银珠宝，那些古墓大穴中的古董文玩，人找不到，老鼠们却门儿清。虽然大部分时候两个世界并不往来，但这些年文玩行越来越难做，好货少、高仿多，一些高手便另辟蹊径，通过白毛鼠找财路。虽然有违规矩，也顾不得许多了。

老许处变不惊，先开了口："无非做点生意，何必大动干戈。有言在先，我老许不走单货，只做包坑的买卖。"

"怎么个包法？"仁哥问。

"你出个总价，我带你进坑。坑里有什么都归你，拿多拿少是你的本事。这就叫包坑。"老许点燃一根卷烟，"价格嘛，按坑的级别来。你动手在先，总得多少补偿点意思意思，友谊第一，赚钱第二嘛。”

仁哥伸出右手，和老许的右手紧紧相握，两人在袖子里掐指谈钱，讨价还价，好一番工夫，方才成交。

“我们不收转账，不要股份期权比特币。带上现金，今晚月圆，村口见。”说完，老许贴上膏药，躺回被子，继续蒙头大睡。

“我怎么知道你不会开溜？”仁哥追问。

“送上门的买卖，我溜什么？最近孙女要结婚，正愁钱用。你倒是多操心操心钱，少了一张，全村两万只老鼠和你过不去。”被窝里传来老许闷声闷气的声音。

老许虽然许诺不会逃走，胡搏却仍被软禁了一天。为防止走漏风声，完事之前，他们决不让胡搏离开视线。旺仔按惯例先把胡搏打了个七七八八，然后打开房里的电视机，津津有味地学动画片里的黑猫警长审案，把胡搏的人生前三十年审了个明明白白。听到胡搏那些倒霉事情，几个绑匪大开眼界，差点同情起他来。老许也在被窝里发出感叹：“三十年没白活，坑蒙拐骗挨个够。果然是个憨货。”

入夜，五人在屋中会合，仁哥果然带来一只塞满现金的登山包。他既然千里迢迢来做这笔买卖，这点儿准备还是有的。老许验看完毕，带着众人出了村。他白天睡足了觉，晚饭又喝了一壶酒，此刻精神抖擞，一双眼睛炯炯有神。

月光照在收割过的田野上，坦荡明亮。一行人沿着干燥的田埂往村外前行，天地间既空旷又冷硬，鸡不叫，鸭不游，人不语，狗不吠。他们过了牌楼，踏上狭窄的石板桥，行走在翠玉似的水塘上面，冷雾瞬间包裹住他们的身体，隔绝了视线，后面的人不得不伸手搭在前面的人肩上，才能保持正确的方向与速度。如果此刻有旁人见到这一幕，恐怕魂都要吓飞。身在其中的人并不觉得多么骇人荒诞，只想着脚下踏稳，走一步是一步。

过了水塘，路变得崎岖不平，雾气一散，胡搏惊觉自己正身处坟场之中，前面一个废弃祠堂，木门半掩。

“不怕黑的就来。”老许尖细的嗓子似笑非笑，干枯的面容上，两只眼睛愈发明亮，花白头发根根分明，俨然一只人形白毛老鼠。

仁哥并不怯场，带头进了祠堂。老许一指用来放祖宗牌位的案桌：“坑主是个在大明朝里做官的，看形势不对，借重修祠堂的名义，把自己历年的收藏细软都藏在祖宗屁股下面。永乐年间的金锭，成化年间的玉杯，官窑的元代青花瓷，要什么有什么。结果呢，还没找到机会把它们取回去，自己也见了祖宗了。”

唐先生为人谨慎，追问一句：“即使自己没机会取，一大家子这么多人，总要托付后人。”

“我怎么知道？几百年前的事，我那时候也就是个米老鼠。”老许不以为然，一屁股坐下，抽起烟来。

仁哥使个眼色，旺仔撸起袖子，用力去推祖宗案桌，却发现这案桌竟然用精巧的榫卯和木质地板嵌在了一起。

“你胡说！这里根本没有打开过，你怎么知道里面的东西有哪些？”旺仔一把去抓老许，但老许的身手比他快多了。

“小馒头，如果这里被人打开过了，你还肯买里边的东西吗？你的脑子被当成牛奶喝掉了吗？”老许讥讽起来毫不留情，“我们寻宝探墓用的方法，和你们这些两条腿的不是一回事。你们要挖要炸，我们只要找条地缝一钻就行。我们在地下走道，和你们在地上散步差不多，黄山一脉，十里八乡，哪儿哪儿埋着什么，我老许如数家珍。”

“如此再好不过。”仁哥点了头，将登山包往地上一放，三人取出家伙什儿，开工干活。胡搏也被抓了壮丁，硬着头皮开凿。荒郊野外又锯又挖，响声传得分明，胡搏胆战心惊，既盼望被人发现，解救脱身，又希望不要被抓了现行。他从没干过违法乱纪的事情，如果不得不在看守所吃年夜饭，就真是欲哭无泪，倒霉到头。

胡思乱想间，案桌和地板已经分离，旺仔推开条案，下方果然露出一尺见方的洞穴。仁哥扔给老许一只空的蛇皮口袋，一袋钞票换一袋珍奇，对双方都是划算的买卖。老许拿着空口袋下了洞穴，旺仔将胡搏往前一推，让他也跟着下去。胡搏望着黑漆漆洞口，心惊胆战。

两人下了洞穴，三人在外接应。胡搏不敢往深处去，便挨着洞口，传递东西。第一件被递上来的是一枚铸币，唐先生仔细打量，竟是辽代的天赞通宝。白毛老鼠名不虚传，这一趟果然没有白来。

老许将洞中物品一件件包好，放进蛇皮口袋。时间一分一秒过去，寒气愈甚，众人心焦，催促不断。胡搏终于将蛇皮袋拖出洞口，只觉浑身瘫软。

唐先生按住喜悦，打开袋子正要细看，警笛声忽然从不远处传来。胡搏吓得一跃而起，紧接着，狗叫人喊，摩托、哨音、呼喝之声此起彼伏。是警民联防队！众人大惊，老许蹿出洞穴，脚上的伤势仿佛一秒痊愈似的，抄起登山包就往祠堂后门逃去。仁哥一声低吼："拿东西，撤！"旺仔眼疾手快，扛起蛇皮口袋，拔腿就逃。

明亮的月光之下，三条黑影撒腿狂奔。收割过的田野一马平川，全无遮蔽，三人像银盘上的绿豆，仓皇乱滚。身后狗叫与摩托声由远而近，六条腿在尚未排干积水的水田中乱踩，淤泥四溅。

"别摔着东西！"唐先生急促的声音夹杂在狗吠之中。

客栈是不能回了，连夜离开才是活路。所幸仁哥先见之明，将越野车停在了村尾公路边上。三人从泥田爬上路基，拽开车门，像三颗炮弹射进车内。手忙脚乱，点着了火，越野车嗷的一声冲上公路，像被咬了后腿的狗一样，头也不回地逃了。

老许也逃了，不过并不是往外逃——他从祠堂后门出去，绕了半圈，又从前门进来，找到了躲在草垛子后面的胡搏。胡搏又惊又吓，老许将他拎到洞穴前方，抬起一脚，把他踢了下去。

胡搏落入深渊。窄小的洞穴忽然变得宽广无着，耳畔除了自己的惨叫只有呼呼风声，他在黑暗中张开双臂抓挠，但什么也没有够到。在那些无法安睡的夜晚，纠缠他的就是与此一模一样的噩梦：无处着力的下坠。他才三十岁，但人生已经只剩屡败屡战、屡战屡败。

一阵土腥味扑鼻而来，胡搏摔在一团松软的浮土之上，扬起的尘土迷住他的口鼻，他不由自主地打了个喷嚏，发出奇怪的细小的声音。下坠了这么久，胡搏并没有像自己以为的那样摔到散架，反而敏捷地翻了一个身。他本想站起来，结果重重碰到后脑勺，只好又趴了回去。四周仍然黑暗，但他的眼睛似乎正在适应黑暗。正在此时，洞穴上方传来急速声响，一团毛茸茸的巨大身躯从天而降。

“快让开喂——”

胡搏躲闪不及，那团东西冲他迎面落下，端端正正压个妥帖。老许将胡搏从浮土里刨出来，抖抖脑袋，甩掉胡须上的尘土，胡搏也不由自主地学他样子抖了抖土。

“咱们这是在——”胡搏惊魂未定。

“走吧。要不是孙女儿舍不得你，老夫才懒得带你抄近路。”老许不以为然，“我看你也没有什么特殊，不过她一贯喜欢憨的。谁让我们眼睛厉害，人那点儿聪明花哨的把戏一眼看得穿。跟我来。”

说着，老许嗖地向前一蹿。胡搏赶紧跟上，洞里很低，他一开始只会匍匐前进，很快四肢灵活起来，也往前蹿去。洞内四通八达，堪比迷宫，老许在前飞奔，一路喊着左转、右转、上坡、下坡、西南三岔口、东南不拐弯，后腿刨起一片尘土。胡搏紧跟在后，他看不清老许也看不清通道，但似乎拥有了关于方向的灵敏直觉，果断地左转、右转、上坡、下坡。他们狂奔了不知多久，最终来到了两条岔路面前，左手一条是无尽的上坡，右手一条是平坦的下坡。

“还可以嘛。”老许对胡搏的速度还算满意，“他们几个做的生意，你想不想做？你要入对了行，也不是全无前途。”

胡搏摇头如拨浪鼓：“不做不做。我做的是地上生意。”

“真的？这买卖比你那些倒霉事情可赚钱多了。”

“真的。”

“那好吧，送你到这儿。”老许皱皱鼻子，抓抓耳朵，“时候不早，老夫回去喝杯甜酒，暖和暖和。”

“送我到哪儿？”胡搏茫然四顾，再回过头时，老许已经不见了。

“老许——老许——！”胡搏大喊，回答他的只有回声。胡搏看着眼前两条道，深吸一口气，抬起脚爪，走向左边那条。他这几年的下坡路已经走得够多了，有两条路可选的时候，还是走难的那条好。

胡搏咬牙切齿地爬到那条路的尽头，看到了一点儿昏黄而明亮的光芒。他向着光芒爬到一扇门边，只见门内是一间巨大的堂屋，四角柱子粗大如巨树，一张宽广的八仙桌上摆着几只澡盆大的碗碟，高不可攀的屋梁之上挂着一块巨匾，写着四个褪色金字：许家大宅。胡搏一阵眩晕，从门缝里摔了出来。这次他失去了敏捷，重重摔在青石地面上，连八仙桌都被他撞倒了。

娇蕊正躲在前台后面玩手机，各种各样的美颜滤镜轮流加在自己脸上，娇滴滴地问粉丝：“这个好不好看呐？这个呢？哎呀还有小动物，小兔子，小猫，还有小老鼠……给你们扮个老鼠好不好——哎呀！”

她扶起不知从哪儿冒出来的胡搏，匆忙叫来几个伙计，把他抬回了房间的床上。

仁哥开着越野车一口气冲出去百把公里，直到离了省境，才松了口气。三人拐上小路，找个没有监控的僻静处打开蛇皮口袋，满心期待地清点战利品。

六只手喜悦地拆去报纸包装，一只花花绿绿的茶缸赫然眼前。唐先生抓起茶缸，只见上面印着许村旅游十景之一：月湖如镜。旺仔打开另一团报纸，里面也是一只茶缸，只不过印的是另一番风景：百年祠堂。唐先生两只手爪扑进后备厢一阵乱撕，收获了一蛇皮袋茶缸。旺仔灵光一闪，欣喜地一拍脑门：仁哥，全套齐的！仁哥一茶缸拍在旺仔头上：你全家也是齐的！

唐沐的手抖了，气也喘不上来了。仁哥的气倒是能喘得很，呼哧呼哧，一张脸青得吓人，手里的茶缸还兀自往下掉血。

不用旁人说，唐沐心里清楚这些是什么玩意儿。全国各大旅游古镇的摊摊上，都摆满了这种印着本地名胜的搪瓷缸子，有的是丽江古城、南锣鼓巷，有的是南屏晚钟、鼓浪屿之夜。旺季里五块一只，十块三只，淡季里没有游客，一两块钱也就卖了。如今他倒好，千里迢迢来，买了一书包纪念品。他知道自己遭人下了套，可这套是怎么回事呢？明明是亲手抓的白毛老鼠，亲眼看着挖开的洞。他摸出怀里那枚天赞通宝，这也是千真万确的真东西啊！

“根本没有什么白毛老鼠。”仁哥深吸一口雪茄，“自编自演，人才啊。”

“不可能，圈子里不止一家从白毛老鼠手里弄到了货……”唐先生仍在挣扎。

“洞是真的，洞里的东西是假的。找个空洞，埋一批东西进去，等有人要买，再挖出来当宝卖给人家。除了顶上这枚铜钱，其余都是假的。他们知道你要验货，所以找准时机把你吓跑——没有警察也没有追兵，都是提前准备好的音效。”仁哥呼出一道白烟，“这就是包坑。坑，懂了吗？唐先生。”

唐先生懂得太晚了。仁哥把蛇皮袋扔在路边，里面塞着一动不动的唐先生。

旺仔脑袋缠上了一圈圈布条，隐约透出血迹。真的没有白毛老鼠吗？那些卖出天价的白毛货又是从哪来的呢？他虽然心里还想问个明白，但很理智地管住了自己的好奇。

仁哥仿佛知道他在想什么似的，吩咐道：“回去把公司卖不动的那几个瓶瓶罐罐拿出来，倒腾倒腾，价格翻五倍挂出去。”

“啊？”旺仔以为自己脑子被打坏了。

“就说是白毛货。”仁哥让旺仔开车，自己放平座椅，闭目躺下。他心力交瘁，需要休息。这一趟大张旗鼓地来，空手而归地回去，赔上了时间、名声、大把的钱，倘若没个说得过去的成果，往后他的面子往哪儿搁？

胡搏是被鞭炮声惊醒的。他睁开眼睛，发现自己躺在客栈的床上，娇蕊坐在一旁，花生瓜子嗑得欢，两个鼓鼓囊囊的腮帮子红扑扑的，两颗门牙又白又大。胡搏支起身子，一把抓住娇蕊胳膊：“你们这里有老鼠！”

娇蕊一愣，咯咯直笑：“早就跟你说了有嘛！乡下老房子，哪个没有老鼠？”

“不不，不是一般的老鼠，是成了精的老鼠！”胡搏心有余悸。

娇蕊青春洋溢的脸蛋笑得更开心了，伸手往他脑门上一贴：“你是烧糊涂了，还是电视剧《黑猫警长》看多了哦？”

窗外青天白日，娇蕊言之凿凿，胡搏还想争辩，低头一看手机日历，竟已到了大年二十九！难道他这一觉睡了三天？他一时也拿不准自己是不是糊涂了。

“让你们外地人不要晚上出去喝酒，非要去，结果喝了酒，灌了风，回来起就发高烧，一烧就是三天！稀里糊涂讲梦话。唉，都怪我外公，成天只晓得喊人喝酒。”娇蕊嘟囔。

“你外公？”

“是嘛。我外公许白毛，是这一片有名的老酒鬼！早上送来一大箱子陪嫁，现在不晓得又去哪里喝酒了。你是不是被鞭炮吵醒的？明天正日子，他们还要放一万响的鞭子。”娇蕊两只胳膊戴了一排金镯子，手上也多了金戒指，她双臂一举，骄傲地问：“好看吗？外公送的。不晓得他从哪里搞了一笔钱，现在我是全村嫁妆最多的新娘子。”

胡搏这才回过神来：“你结婚啊？”

娇蕊把他一推，嗔道：“你还晓得问？你要再昏睡几天，人家婚都结完了。我问你，你要不要参加我的婚礼？我们这儿娶亲嫁女，可是很热闹的。不行不行，我万一不要新郎官跟你跑了怎么办？咦——哈哈哈哈你脸红什么？人家逗你玩的啦！你这个人，真是憨的。”

胡搏不是她对手，连忙打开手机订票。好在还有一趟车，四个钟头，赶得上回家吃团年饭。他到这里来原是为了躲过年，如今却不想再躲什么。他向娇蕊道了贺，娇蕊把一袋喜糖塞到他手里，低声道：“我外公给你的。他说，给我办嫁妆的事，你也出了力。”胡搏接过喜糖，再次感到一阵迷惑，他望着娇蕊的眼睛，希望从她脸上得到什么确切的答案，但她只是依依不舍地与他告别，叮嘱道：“我们这儿的喜糖和别的地方不一样，你回家了再打开。”

火车不等人，胡搏拎起行李向车站狂奔。他赶上了末班车，赶上了团年饭，也赶上了此后的许多重要时刻。在所有关于老鼠的故事当中，他是唯一一个得到了馈赠却从未动用的人。他把那袋黄灿灿、沉甸甸、亮闪闪的喜糖当作一样普通的旅游纪念，也当作值得珍藏的无价之宝。他有幸见识了一个别样的世界，拒绝了前途大好的捷径，又毫不留恋地回来过人的生活，勤劳、艰辛、充满苦痛、温柔和希望的生活。也许这印证了关于他的评价：果然是个憨货。

狐狸良缘店

季白今年就不该回老家过年。她原本计划出差路过住上两三天，走个形式，没想到突然之间航班取消、城市封锁，不得不在她妈家一住就是一个月。既无法出逃，也不能住酒店避难，连饭都不敢去外边吃，两个人之间到了危险边缘。早饭之后，她妈带着讨好在旁边坐下，她知道正题要开始了。

“现在相亲不合适。”季白先入为主。

“绝对不能相亲，”她妈深表赞同，“要征友。”

“你不晓得那些网上征友的都是骗人的吗？”季白皱起眉头，忽然想到什么，紧张起来，“你是不是去征了？你可千万别上当，电信诈骗，情感诈骗，传销的，卖面膜的，多了去了，专挑你这样的老年妇女下手。”

她妈摘下套袖嗖一声甩在季白脑门上，横眉倒竖。

“我什么时候需要征友！我操心的是你！三十一岁！我这么大的时候都给你换过两个爸爸了，你还不知道以后小孩姓什么！”

“随便换几个，小孩还不是跟你姓，”季白嗓门也大了，“征友要提供个人信息，说不定照片就被改成光屁股艳照放到网上卖了，你晓得吧。”

季妈一听，忙又坐下，收回套袖，笑眯眯地说：“原来你是担心这个，真是小看你妈，怎么会不晓得？我给你联系的这个地方是实体店，有门面的。”

“现在还有婚介所？你重操旧业了？”季白颇感意外。她妈开了二十年婚介所，以为近水楼台先得月，结果就像麦田里拾麦穗，总想拣个大的，拣来拣去孑然一身。

“怎么可能，我早就退出江湖了。”季妈大气地摆摆手，得意地说，“这个地方一般人真不晓得，我们业内人士也要领号排队才能推荐顾客。去年元宵节我就给你排了，最近才刚排到。哎哎你不要急，站起干什么，坐下说。坐下，听见没有！这个地方不用你报名字，不用你给照片，也不用你跟候选人见面，什么都不用。你去了就行，老师傅看一眼，给你批个锦囊条子，只要诚心实意按上头说的去办，一定能搞到好姻缘。”

季白越听越恼火，她妈偏不让她走，一只铁耙手把她按住，另一只手定住她的脑袋，伸头凑到她耳边。

“是狐狸开的婚介所，千年老狐狸。”季妈忍不住高兴，嚷了起来，“专办疑难杂症，你有救了！”

季白噌地跳了起来：“说悄悄话不要这么大声好吧！你自己聋不要以为别人也聋。”

季妈一拍桌子：“我才没有聋！你刚说我老年妇女，以为我没听见！不孝。”

季白在一线城市是高冷御姐，多年来单打独斗，一路从营销新手做到演唱会制作人，什么场面没见过。她面子上周全，脑子里精明，心肠够冷硬，越是难对付的客户，越是知道不与她这种人作对。但只要一回老家，她就变回食物链底端的白妹子，她妈永远是她的天敌。

按天敌的命令，季白按预约单子上的日期，捧着一只三斤多的黄油老母鸡去拜见“狐仙”。季妈用干贝鲍鱼把鸡煨了一宿，鲜香扑鼻，又往鸡肚子里塞了两个蛋，还嫌不够体面。

“又不是它相亲，你给它穿红戴绿的干什么。”季白不屑一顾。

“你今天要是给我耍花样，下一锅炖的就是你。”季妈掷地有声。

“狐仙”的店面在老城区中心，离季白小时候住的地方不远。季白高考之后，她妈金盆洗手，搬到新城去住，两下隔了十来公里，很少再往老城来。季白在路边找了辆共享单车，把盛着老母鸡的砂锅放在车筐里，一路叮叮当当往前骑，七拐八拐，查了十来次地图，终于在一众高楼大厦里找到了那条老街。

一座青石牌楼立在街口，石板路木板门，仍是记忆中模样，只不过民居都改成了特色店铺，招牌林立，专供游客闲逛。按她妈的吩咐，牌楼右手第一家就是“狐仙”办事处，但季白端着砂锅找了半天，没看到婚介所，只看到一家卖老式杆秤的铺面。

这家铺子挂一块“百年老秤”的牌子，既破旧又不起眼。巴掌大的门面不过两米宽，两边贴着褪色的对联，木头门板只开了一半。用了多年的玻璃柜笼上站着一只热水瓶，保温效果估计不行了，外面套了一层毛线罩子。柜笼里边摆着材质不一的秤砣，上方牵了一根铁丝，挂着一排大大小小、造型各异的秤。不是电子秤，是几十年前人们在菜市场用的老式杆秤，一头秤盘，一头秤砣，需要手工校准的。

季白茫然，只见里间蓝布帘子一掀，玻璃柜笼后面走出来一个年轻人。这人白净面色，俊美身段，雪青衫子，一对狭长眉眼似笑非笑，灵活狡黠。他瞥一眼季白手里的砂锅，嗅了嗅空气中乱窜的香气，一对眼睛弯成月牙，将双手拢在袖中，下巴一指柜台：“放这儿吧。”

季白迟疑：“我找狐……胡师傅……”

“我就是啊。”对方毫不客气地伸手去接砂锅。

“不说是个老师傅吗？”季白没撒手。

“老狐狸小狐狸，不都是狐狸？”对方一挑眉毛，“难不成你喜欢老的？啧啧啧，看着不像嘛。”

季白一个愣神，手里的砂锅就被接了过去。小狐狸一指店门口：“坐上去吧。”

店门外摆着一杆大型老秤，秤盘的位置改成了吊篮，另一边挂着一枚拳头大的秤砣。人如果坐到吊篮里，就能像盘子里的肉一样被称出重量来。秤杆旁边还挂着一个供游客拍照收费的二维码牌子，大概是店家揽客创收的方式之一。

“不不，我不是来逛街的——”季白皱眉摆手。

“我知道，所以才叫你上秤嘛。不知道几斤几两，我怎么给你找对象？”小狐狸歪过头，一双桃花眼戏谑地看着季白。

季白跑这一趟纯粹为了应付她妈，本以为是抽签看相之类的把戏，没想到处处被耍。她脾气上来，一屁股坐进吊篮：“你称，你称，还有什么招摇撞骗的把戏都使出来。你要是狐仙，我就是你狼外婆。”

小狐狸没做理会，看一眼秤上的刻度读数，麻溜报出了季白的生辰八字、人生履历。他展开笔墨黄纸，边写边念：“永和九年，岁在癸丑，八字偏硬，富贵在命。此生禄重，秉权喜杀，虽说桃花凋零，其实嘛……啧啧啧，前缘早定！”

季白冷笑：“从我妈那儿套了不少话嘛，银行卡密码套出来没有？出门左转就是派出所，我看你去那儿合适，管吃管住——”

“你找不到对象，就是这个原因了。”小狐狸放下毛笔。

“我就这脾气，你怎么着？”

“不，和脾气没关系，是因为你的择偶标准。”

“我说过什么标准了吗？告诉你吧，我要对方颜值逆天，智商爆表，家财万贯，父母双亡。你这儿有这样的吗？没有吧？没有好，我走了。”季白跳下吊篮转身就走，刚迈出腿又转回身，要把那锅油鸡给夺回去。

小狐狸按住她的手："小姐姐，你要真是这样要求，那也好办。问题是你根本没这么想。人家征婚，要么图钱要么图人要么图感情，可你都不是。"

"那我图什么？"季白抄起胳膊，"来，接着编。"

"你图的是离婚方便。"小狐狸脱口而出，"结婚容易离婚难，花前月下人人蜜里调油，一朝分手可就原形毕露。冷战热吵，法院搏斗，栽赃抹黑，什么手段没有？更何况还有臭不要脸的，死缠烂打的，巧取豪夺的，撒泼耍赖的……小姐姐不就是因为这些事倒了胃口吗？你一上秤，我就知道。我这秤，称的可不是体重，是人心呢。"

季白愣了半晌，蹦出一句"鬼扯"。小狐狸两手往袖笼里一抄，假心假意地感叹起来："你这个事情，注定很难呐。不过呢，你来都来了，礼我也收了，我就送个锦囊给你。有了我的锦囊，没有成不了的姻缘。"

说完，小狐狸一脸无辜地望着季白，季白拉长一张脸，瞪着小狐狸。

"你倒是拿来呀！"她一巴掌拍在柜笼上。

“不是给你了嘛？”小狐狸大惊小怪，下巴指指砂锅。

季白掀开盖子一看，老母鸡不知去向，干干净净的锅底躺着一只黄纸折成的纸包。小狐狸嬉皮笑脸地朗声唱了个喏：客人好走，桃花常有，恕不远送哟！

季白拆开纸包，是小狐狸之前写下的她的命纸，背面还有一行龙飞凤舞的小字：下月初七，解放路西。

“喂！”季白还想向他问个明白，小狐狸早一个闪身，回到蓝布帘子后面去了。

为了这张纸条，季白被她妈又扣下大半个月。特殊时期各类演出暂停，她也没有借口逃回去工作。二月过完，天气一天比一天暖和，草木发了新芽，人们蠢蠢欲动，到了三月，街上热闹起来，小摊小贩重现江湖，商业区又堵上了车。

初七那天阳光明媚，春意盎然，季白一早就被她妈赶出家门，在解放路荡了一圈，其间有一个推销在线英语课程的小伙子求她扫码，两个染着黄绿头发的杀马特拉她剪头，还有一个健身房推销员追着她办卡。吃过午饭，她接到毕业后没再联系过的前男友的信息，内容是结婚请帖。下午她找了家咖啡馆开电话会，先是因为年前预定的演出持续推迟，两边为了合同打架，然后是准备签约的歌手被对手挖了墙角，一时无人可替。

他们这一行，想找个有辨识度的嗓音难如登天，比登天还难的就是不但声音独特，人还靠得住。名利场上你欺我诈，找个实心人几乎是不可能的。

季白放下电话，定了明早第一班回去的飞机。这乱糟糟的一天令她头疼，与其在这里站街寻夫，不如找个地方混到半夜，明天一早赶紧飞走，等她妈一觉睡醒，她已经逃回自己地盘。

季白出了咖啡馆，去旁边买烟，恍然想起这里以前是卖运动用品的批发大厦，她上中学那几年的衣服裤子、篮球鞋了，都是这里买的。如今楼上改成了KTV，一楼原先有个卖文具的门面，改成了便利店。季白走进店里，漠然要了一包爱喜。

店员左右找了一遍，回来道歉："不好意思，没有爱喜。这段时间进货不方便，外烟只有万宝路了。"

这人语气温和，彬彬有礼，不像本地人惯常的凶悍。季白看一眼对方，瘦高体格，头发干净，口罩遮住大半个面容，露出一对熟悉的眉眼。她心里一怔，对方也正疑惑地看着她。两个人都在心里思索回忆，面上却还维持着正常对话。

“本地烟就可以，白沙，芙蓉王，随便。”季白说。

店员拿了包白沙，季白接了，又拿了个打火机。扫码，付款，两人没再说话。季白走到门口，解下口罩，点燃深吸一口。面前的玻璃门映着身后的情景，店员也正从玻璃的倒影中看着她。

季白蓦地回过头去，店员解下口罩，露出一张惊喜的脸来。“班长，真的是你哦！”

季白铁板一块的脸上也生动起来：“金城武！”

店员的脸立刻红了，慌忙摆手：“不要乱喊，都是大人了好吧！”

季白笑：“你在这里上班啊？”

“金城武”从柜笼后面溜出来，蹿到季白前面，壮着胆子问：“班长，你抽烟啊？”

季白抽烟好多年了，职场上大家早已彼此习惯，只不过在高中同学眼中，她还是那个品学兼优的无瑕少女。她下意识地把拿着烟的手往后一藏，另一只手却不由自主地飞了出去，一掌削在“金城武”脑门上。

“又不是中学生了，抽烟怎么了？”季白逞凶。

“不是中学生了你还打人！”对方委屈地捂着

脑袋。

他们是高中三年的同桌，季白品学兼优，英姿飒爽，是班里一姐，阿城性格温软，成绩糊涂，唯独长了一副好相貌，因为名字里有个“城”字，得了一个外号“金城武”。阿城小时候被母亲押着跳过级，比他们小两岁，常被男生们欺负，又不敢靠近女生，大部分时候由季白罩着。季白给他撑腰，他给季白打饭跑腿，一有风吹草动便胆战心惊地缩起脖子。这许多年过去了，阿城一见季白，还是一副小弟见大哥的模样，不把自己耳朵鼻子脑壳轮流摸一遍就说不出话。季白扇完之后有点后悔，不晓得如何收场，阿城也有点懵，各自心里揣测一番，最终没绷住，纷纷笑场。一发不可收拾，再无端着的必要了。

阿城要请季白吃饭，季白说不用。阿城试探着问要不要去足疗，打台球，泡酒吧。季白皱起眉毛说你想干吗，招待客户？上你的班，我走了，明天早上飞机。阿城讪笑，难得今天碰到班长，大城市白骨精，同学聚会都不来的，不招待一下说不过去。季白对聚会聊天向来没兴趣，阿城忙说吃点烧烤总可以，哎呀，高考最后的大题，你忘记了？要不是你头一天晚上电话里给我讲了半个钟头，我怎么能考上二本？我要是考不上，我爸岂不是打断我的腿？我现在岂不是坐轮椅？考试一结束就碰不到你了，给你买了东西要送也找不到人，今天让我请客，也算给我攒人品。

这么一说季白想起陈年旧事，心里有点内疚。她这个同桌家境数一数二，爸爸是教授博导，妈妈是商界精英，但是互相看不上，早就离了婚。两口子唯一的共同点就是都看不上阿城，觉得他不是个出息料子。阿城纯良心性，被欺负了也生不出坏心，总是笑笑算了，季白常替他不值。少年时两个人曾一片真心地用可乐“歃血为盟”，说要一起离开这个小地方，去外面闯，结果高考一完，季白的妈带着她躲债搬家，她发誓和家里一刀两断，大学四年都没有回来过，也就再没有和往日同窗有所联络。想到这些，她觉得愧对阿城，也就不好再拒绝。

两人出了便利店，往街上荡去，心中各有一些话，因此什么也没说。太阳下去了，夜色微凉，商铺一片片地亮起了灯。本地人爱娱乐，爱购物，爱玩爱疯爱时髦，花钱的事上样样敢为人先，季白不在的这些年里，市中心一口气修了王府井、新街口、外滩、城隍庙、铜锣湾、第五大道、银座中心……恨不得把全世界的繁华地段集中到一起。一栋楼当三四栋用，室内开铺子，室外搭棚子，露台摆咖啡店桌子，地下室摆游戏机子，站在十字路口手机一搜，一百米之内吃喝玩乐不下五百家。玩密室逃脱的一栋楼，电玩 VR 的一栋楼，洗脚按摩的一栋楼……更别提吃饭购物。

阿城领季白到一家热火朝天的店面，七七八八要了许多宵夜，中间是一份油滋滋的烤排骨。季白见了，便问以前你家里烧饭的陈姨，还在吗？阿城说还在，我妈前几年移民澳洲，把她带去了，老姐妹在新西兰打牌，日子好过。季白抬抬眉毛，真走了？你妈果然不是凡人。后来还见过吗？阿城笑，见过一次。她一向不喜欢小地方，先去深圳后到香港，生意越做越大，代购、直销、留学中介、海外地产先后上马，账上的钱几何倍数增长，又赶在浪潮退去之前成功离场，一家人投资移民到了澳洲。这个“一家人”里显然没有包括阿城。

阿城他妈埋头事业的那几年，也是季白她妈江湖浮沉的几年。季妈凭着国际领先的口才，每天都能撮合几对新人，过个一年半载，又准会被反目成仇的新人们上门闹事。出轨的、骗钱的、家暴的、吃喝嫖赌的、婆家强势的、娘家势利的……五花八门，找不了对方的麻烦，就来砸婚介所的场子。季妈一面勤于搬家，关旧店开新店，一面培养季白练短跑和武术。季白在体校练过田径，还在一位老拳师家里学过王八拳，但凡有什么幺蛾子现身，母女俩便一齐上阵，水来土掩，飞檐走壁，堪称街上一景。后来季妈听了牌友的怂恿拿钱炒股，成天不是窝在交易所就是忙着参加投资培训班，更加行踪不定。

两个当妈的不见人影，搞得两个高三学生像是时代遗孤。他们学校是重点中学，毕业班要上晚自习讲卷子，学生们都得自备晚饭。阿城有陈姨照顾，她的烤排骨最是一绝，每天傍晚用盒子装了送到校门口，拿到手里还是热的。季白吃了两天干粮，被阿城知道，第三天便让陈姨做两份一样的送到学校来。季白说不用，阿城缩头缩脑地说晚自习卷子给抄一下，不然又要留堂，季白才点了头。两个人坐在课桌上并排吃饭，一样的饭盒一样的筷子一样的菜，男生们不敢惹季白，都去捉弄阿城，哎呀哎呀，小两口一个锅里吃饭。往后阿城拿了饭菜就不再回教室，和季白坐在操场旁边的长凳上吃。树木青翠，操场新绿，两人各怀心事，一声不吭，好像碧海里的两叶孤舟。

“你后来还回去过学校没有？”季白问，阿城摇头。季白忽然提议：“我们现在去好不好？”

“现在？”阿城惊讶。

“算了，学校不放外人进。”季白叹气。毕业是条单行道，滚出了校门就不可能再回去。

“这倒不用你操心。你们三好学生不知道的，我们后进同学清楚得很。”阿城扬起嘴角。

他们学校离得不远，和繁华世界一墙之隔。阿城带着季白离了人群，左绕右绕，进了一个院子，是酒店后院停车场。

“搞什么鬼？”季白低声问。

“嘘——”阿城比个手势，拽着季白沿墙根儿一路溜到路灯下，伸手晃了晃杆子，还算结实。

“我先上，你跟着。”阿城说完，攀住杆子往上一蹿，左脚踏灯杆，右脚踏围墙，两下就攀上了墙头，熟练极了。季白目瞪口呆，两个三十岁的男女，翻酒店围墙？阿城骑在墙头，着急催促，季白断然不肯，好死不死，停车场蹿出一条黑狗，冲天狂吠，直扑而来。季白怵狗，匆忙攀住围墙。阿城喊，快！季白敏捷不减当年，一把抓住了阿城伸过来的手。

两个人翻过围墙，季白站定，环顾四周。此时黄昏，他们站在学校体育场的看台上，下方是足球场，环绕着四百米标准跑道。越过足球场是六个整齐的篮球场，篮球场和足球场之间有一条绿荫覆盖的小路，路旁长椅还在，是他们一起吃晚饭的地方。不远处的主席台，季白曾经在那里帮阿城伪造家长同意书。本地是娱乐重镇，阿城一度想参加电视台的校园歌手大赛，但又不可能征得父母同意，季白便自告奋勇给他帮忙。结果被他父母知道，“肤浅庸俗”，硬是搅黄了，后来再无提起。

眼见告别了十多年的地方全景式出现，季白像是被人猛推了一把，猝不及防。阿城浑然不觉，一边拍两人衣服上的灰，一边心有余悸地说：“好在你一急就跳墙，不然咱俩完蛋。”

“你怎么知道这条近路的？用来逃早自习么？”季白记得学校每天早上有值班老师守校门，迟到的学生一律记名字。

“早上逃自习，晚上逃博子他们。”阿城笑笑。博子是那帮体育生之一，经常在校门外拦路打劫，阿城自然是被欺负的对象。见季白脸上露出杀气，阿城忙说：“早都过去了，后来我遇到点事情，还是博子帮忙处理的。”

“他真成道上混的了？”季白多少有点惊讶。

“没有没有，人家当律师了。”阿城说。季白哭笑不得，转念一想，阿城有什么事情是需要律师才能摆平的呢？

“没什么，一点儿经济纠纷。”阿城笑笑，又止住了话题。报喜不报忧，她对这种语气再熟悉不过——她离家的这些年里，电话里便是如此敷衍她妈。她这么做是因为她妈什么忙也帮不上，说了还不如不说，阿城为什么也是如此？因为她不再能帮他完成作业了，还是因为人生的难题并不只是一张试卷？又或者只是因为他们根本不再是一路人，今日的偶遇也只是无意义的交集。

他们坐在看台上，默默无言。学校地势高，往远处看，不仅能看到宽面条一般柔顺的街道，高高低低的新旧建筑，还能一直看到远处闪亮的江面和大桥的轮廓。不远处的老街上正在搭架子建台子，有人爬上爬下地挂花灯，季白见了，便问阿城，阿城说：“今晚游园会，你不知道？”

季白摇头。阿城说：“每年都有的元宵灯会嘛，今年特殊，推迟到这月初七，规模比往年还大些。”

听到“初七”二字，季白忽然想起小狐狸的话，噌地站起身来。初七就要过去了，难不成她的姻缘是阿城？那不可能，一起长大的两个小孩，就像亲戚家的兄弟姐妹，谈恋爱不但狗血，简直是乱伦。

阿城见她忽然要走，以为自己说错了什么，季白不想他误会，只得半真半假地解释："这么晚不回去，我妈以为我找着对象了，回头问我要你电话，吓死你。"阿城忙道那不会那不会，不至于，怎么也不可能是我和你。季白已经挎上包包走下看台，听到这句话眉毛一皱，回过头来："你什么意思？小兔崽子，姐姐配不上你？"阿城两只手上下左右乱摇："不是不是，不是这个意思，哎呀你不了解，就是不是这个意思，我我我不是……哎别打，别打，你包贵，别打坏了……老大，我错了老大！"

季白常年健身的，阿城哪是对手，躲闪之间露出耳垂上一点细碎光泽，正落入季白眼中。季白一愣，手上一松，阿城连忙逃了。季白脑中电光火石般跑了一趟，原来如此……以前从没想到……可又在情理之中。她虽然惊讶，却不觉得有什么不妥。

阿城见季白一脸坏笑，恼火地把她的包扔了回去："笑什么笑，真是的。"

"真的啊？"季白抓住他胳膊，"我竟然都不知道！"

阿城一把推开季白："不准歧视，你大城市的见得多！"

"歧个毛线，我还担心你找不着对象，现在好了。儿孙自有儿孙福。"季白占足便宜，眉开眼笑，忽然心中感慨，抱住了阿城。阿城也抱着她，将头低低埋在季白后颈。

"你父母知道了吗？"季白轻声问。阿城沉默良久，季白感到他的脸贴着她的皮肤苦涩地笑了一下。

真是见了鬼，如今但凡男女都小心警惕，反倒是彻底绝了缘，两个人才能放心大胆，互诉衷肠。仿佛有了这层"不可能"在中间隔着，所有的关心、牵挂才能够安全抵达，不会变味成别的。

"你朋友干吗的？"季白换了轻松神情，想问些高兴的事。她知道阿城的父亲从学界起家，走了仕途，是最爱面子的，阿城必定经历了许多暗淡时刻，然而觅得良伴，又是人生幸事。

"搞乐队的，后来一起开 KTV。"阿城笑笑。

"那家 KTV 是你的啊？"季白一阵高兴，她还担心阿城没有出路，看来多虑了。

"后来他比较忙，KTV 归他，便利店归我。"阿城还是笑笑。

刚刚那点高兴瞬间消散了，季白笑不出来。

“没事，分手而已，我还跟人离了婚。”她张口就把这句话说了出来。这是她压心底的石头。她妈满世界张罗着给她相亲，根本不知道她早和人偷偷扯过证。

阿城吃惊地看着季白，委屈地垂下眼睛：“肯定是那个人不对。”

季白从不在人前露出半点委屈，阿城却毫不遮掩地替她委屈。季白转过脸，两人的眼眶都湿了。

预期之外的三言两语，道完了别后十年的悲喜沉浮。话只要一讲开，时间带来的疏远和隔阂便消失不见，望着运动场上青翠树木，他们感到真正的久别重逢，仿佛成为大人之后的磋磨都轻如烟尘。

“班长你今天是出来逛街啊？”阿城问。

季白摇头叹气，跟他讲了狐仙相亲的荒唐事，听得阿城一脸好奇。

“还有这种业务？”

“还用讲，肯定是骗钱。”

“走，我陪你去把老母鸡要回来。”阿城笑，“反正今晚游园会，有热闹看。”

他们高高兴兴地往街上走去，夜幕低垂，正是热闹时候。华灯璀璨，男男女女欢笑哭泣，上演年轻人的爱恨情仇。南方城市的夜生活果然不负盛名，一整条街都是本地美食：顶着整只章鱼的超级大丸子，脸盆装的大号小龙虾，一把百串的烤牛油，一串半斤重的羊肉串，冷雾浸染的各色鲜切水果，更别说花样百出、人手一杯的茶饮。彩灯之下，音乐声中，尽是时新发色、各式美甲、新衣霓裳，有人穿了唐装汉服，手里打着荷花灯笼，亦有人装扮成青蛇白蛇，举伞飘过，尽往老街去了。

人潮来往，季白与阿城紧挨着彼此，唯恐走散。阿城问："老家变化大吗？"季白笑笑："看起来变化大，实际上还是那些人。"阿城又问："咱们变化大吗？"季白说："咱们也差不多。"

两人走到老街入口，已到点灯时分，一条长街挂满灯笼，照得石板路油光锃亮。季白寻到那家铺子前，不由一怔。牌匾上掉漆的旧字"百年老秤"变成了金灿灿的四个大字"天赐良缘"，卖的是桃花符、红手链、幸运签，生意兴隆。门口带吊篮的老秤也不见了，变成了一株粗壮的桃树，粉白桃花，蓬蓬如云。

"是这家店？"阿城问。

季白不信邪，卷起袖子大步往前，对阿城道：“你等着，我去把那个小骗子揪出来。”

话音未落，头顶飘来一个声音：“说谁呢？”

两人仰头望去，只见桃花树上坐着一个浮浪公子，粉色长衫，绛色纹饰，细长眉目，朱唇皓齿，不是小狐狸是谁？

“啧啧啧，我真是神机妙算，一说一个准。你看看，这不是就找到良缘了？”小狐狸从花团中露出脸来，一双狡黠眼睛笑望二人。

“你给我下来！”季白骂道，“什么良缘，全是胡扯！”

“你们不是年龄相仿，相识多年？不是郎才女貌，彼此惦念？这不是良缘，还有什么算良缘？”他一副惊讶模样。

季白不跟他多说，捡起一块石子扔过去：“拿了我们家多少钱多少东西？还给我！”

小狐狸躲开石子，翩翩然从树上落到地面。

“就拿了你一锅老母鸡，已经进肚子了，拿什么还？”他眼珠一转，变戏法般变出几张票来，伸到阿城面前，“不过嘛，今晚游园会，我有三张贵宾券，要不要携手同游？”

这一个飘然而至让季白吃惊不小，再一细看，他头上竟然真有两只毛茸茸的狐狸耳朵。

小狐狸一笑，半真半假地解释：“游园嘛，自然要装扮一新，一会儿到了里面，什么打扮的都有呢。”

季白看看阿城，阿城露出一点儿孩子般的憧憬，说我们去看看，反正也是来逛的。季白好奇心起，也就点了点头。

他们从老街牌楼下甫一穿过，周围空气为之一新。仿佛一阵暖风拂面而来，两侧花树骤然盛开，万千花朵粉白莹润，浮香满路，楼上窗扇轻启，竹帘半开，每扇窗格中都有笑语盈盈，凤箫声动。游人如织，宾客如云，有人作盛唐仕女打扮，眉心一朵红；有人作宋时装束，浅文殊眉，鸦鬟绿鬓；有緇衣男子，方心曲领；有纨绔少年，怒马鲜衣；有麻衣行者，着僧衣，执法杖；亦有人青绿道袍，手持拂尘，垂眸而行。人人得其乐，处处有乐声，如梦似幻，如露如电。

二人游于街市，为眼前景象所叹，沉醉其中。季白目不暇接，阿城欢喜新奇，小狐狸得意扬扬道：“怎么样，这门票可抵得过一锅油鸡？”走到一个人多热闹处，见小广场中花台高筑，有歌者献艺，舞者飞天，衬着火树银花，星辉如雨。一曲终了，小狐狸引他们转过街巷，拐进一座古色古香的园林。花树缤纷，蓬蓬如盖，亭台楼阁，错落有致，当中一条溪流蜿蜒而过，两侧男女宾客，流觞曲水，且歌且饮。三人找一处平整大石在溪流边坐下，很快便有酒水点心送上。新春米露酒，桃花灯芯糕，放在盘中，珊珊可爱。

季白端起杯子便饮，香甜醉人，一杯尽了，又倒一杯。小狐狸皱眉道："门票是我送的，酒水我可不管，你们自己付钱。"

季白对他没有好脸色，将手机往阿城怀里一扔："拿我手机结账。"

阿城笑："说了今天我请客。手机我给你拿着，你放心喝。"

从前也是如此——季白去打球，钱包扔给阿城，准备离家出走，钱存在阿城那里。等真要走了，阿城磨磨蹭蹭不肯把钱给她，季白一凶，阿城不敢劝，只得不远不近地跟在后面，总也甩不掉。季白没办法，气得大哭一场，在车站外面的凳子上喝了一瓶啤酒。第一次喝酒，当场大醉，最后也还是阿城把她背回去的。

小狐狸给阿城满上一杯，道："既来之，则饮之。再说，这里买单的规矩可不同别处。这溪流两侧，人人对酒当歌，接不上的人，就得给整条溪的客人买一轮酒。"

他们看流溪两旁男女，个个俊采神飞，笑颜如花，木盘上托着酒杯顺流而下，停在谁面前，谁就得一饮而尽，再歌一曲。阿城笑说这有何难，如果唱得好，有没有奖金？

只见流水潺潺，托盘漂到一个戴棒球帽的男人手边，朋友们一阵起哄，他从盘中拿起话筒，将满杯桃酒一饮而尽，视死如归道："来一首周杰伦！"大家都笑，鼓掌，亭子前面一块大屏幕亮起，《千里之外》跃然眼前。与此同时，藏在各处的音响烘托出一个露天环绕立体声，宾客们简直是坐于舞台，人在戏中。季白又是佩服又是好笑，她堂堂一个演唱会制作人，倒是第一次见这种场面——露天卡拉 OK，还是沉浸式的。中西合璧，古今乱炖，这种一锅烩也只在这个城市不显得突兀。

托盘漂到一个橙色衣裙、红色裙摆的女孩身旁，女孩毫不扭捏，起身便唱孙燕姿，衣袂飘飘，好似水中金鱼。季白再往旁细看，宾客们果然各有各的装束，有的如花似锦，有的翠竹新枝，有的像黄鹂画眉，还有的像翠蝶流莺。

小狐狸笑望阿城，又给他斟了一杯酒：“你想好唱什么了？”

阿城说：“又不一定漂到我这儿。”

话音未落，那托盘便漂漂摇摇地停在了阿城面前。季白鼓掌捧场，阿城饮尽杯中桃酒，脸便红了。屏幕骤然亮起，是伍佰演唱会的热烈画面，屏幕里欢呼声汹涌而至，屏幕外瞬时气氛高涨。《Last Dance》前奏很短，鼓点响过，台上伍佰嗓音冲屏而出，沧桑热烈，深情沉醉，青春、爱情、伙伴、校园，一去不返，台下数万人笑泪交加，大声跟唱。过了半晌，见阿城得意地看着自己，季白才意识到刚刚并不是原唱，而是阿城的嗓音，深为震撼。一曲终了，众人纷纷喝彩。

阿城唱得好，别人便有心将托盘推到他面前。阿城喝了酒便不腼腆，话筒一拿更不似平常。一首又一首，从舞曲到情歌，从影视原声到摇滚经典，张学友李宗盛苏打绿五月天轮番上场，如假包换。

季白惊奇，这才知道阿城高考之后忤逆父母的意愿，去读了本地一所音乐学院，为此和家里彻底断了往来。毕业那年，他报名参加本地的海选歌手大赛，试图找个谋生的出路。

“结果怎样？”季白问。

“还可以——音准还可以。”

“然后呢？”

“导师说声音不行，太小众了，没有市场。”

“然后呢？”季白追问。

“回来就学别人唱，练了一阵儿。”阿城讪笑，止住话题。季白明白了。选秀节目为了制造话题吸引观众，评委们竭尽讽刺挖苦之能事，诛心之言层出不穷。她脑中浮现出阿城局促地站在台上被人围攻的情景，他不会跟人争论，想必是鞠躬下台，回到家里关上房门，默默决定再也不用自己的声音唱歌，把别的歌手的嗓音都练了一遍。

“评委是谁？你说个名字。”季白放下酒盏，声音冷冷的。

阿城惊恐地盯着季白：“哎呀比赛都是好玩的，又不是当真……你不会去打评委吧？”

高一时班上几个人高马大的体育生欺负阿城斯文，把女生用品塞到他的书包里，被季白知道了，当场抓起领头那小子的书包，口朝下一阵抖，一锅书本零碎全部从三楼窗户倒了个干净。阿城自然也记得这件事，当时季白的反应和现在一模一样，手里抓着个黑板擦，杀气腾腾地问："谁干的？你说个名字。"

季白从水中看到自己的模样，杀气腾腾，手里抓着酥点，跟抓着一块板砖差不多。季白无奈："打什么评委？你看我像要打人吗？我是要告诉你，很多评委自己都五音不全，上节目就为了挣点外快，没资格评价你。你别当真。"

"好好好，不当真，"阿城把季白手里那块酥点取下放到一旁，一本正经地说，"但我也是有知音的啊！那次比赛完出来，虽然淘汰了，但是路对面有人拿个笛子，吹我唱过的歌。你说是不是我的粉丝？"

季白一听，不禁失笑："真的假的？"

阿城见她不生气了，几分得意地说："当然了！可惜就是隔一条马路，没看清样子，说不定是我这辈子唯一一个粉丝。"

小狐狸听了也笑，又给他斟酒，不发一言。

酒过三巡，夜色正浓。寒意侵袭，他们挪到临溪的屋檐下坐，小狐狸叫人送上暖盆，便不觉冷。小狐狸道："既然你的声音这么特别，不该让我们也听一听？说不定听完，我们也是你的粉丝了。"

阿城已经醉了，垂眸浅笑，好啊。流水潺潺，又将托盘送到他面前。

站在光明的角落，是颜色不一样的烟火，天空海阔，做最坚强的泡沫。

阿城的声线不止小众，说万里挑一也绝不为过。他的声音像柔软的白色花瓣，在暗夜里层层展开，无瑕如玉，又坚韧如丝。不是男歌手唱情歌时的那种温柔，也并非女歌手嗓音里的纤纤心事。人间繁华，少年清澈，和那一点儿委屈之后的倔强，都在这深深歌声之中。

季白茫茫沉在阿城的嗓音之中，等她回过神来，立即将他一阵猛拍："哎，哎！你这个声音，这个唱功，怎么不早说！开什么小卖部，开演唱会好不好！哎你醒一下——"

阿城平时并不喝酒，今天喝了好几杯，早就悄无声息地醉倒了。人窝在躺椅上，手里还紧抓着季白的手机。季白不死心，又晃了他几下，死活没动静，只得放弃。小狐狸叫人送来厚毯，将阿城盖好。

季白只觉世事难料。如果高中时他成功地参加了那次歌手大赛，事情是否会有所不同？在那之后，他们都没有再提过比赛的事，可后来阿城去学音乐，自己当了制作人，是不是也有某种关联？

长夜将尽，晨星寥落，街市上繁华淡去，远近乐声若有若无。小狐狸立在檐下，取出一支竹笛，悠悠吹响。既无旁人，他便不再遮掩，头上两只尖尖狐耳随着笛声一动一动，身后一条毛茸茸的银灰色尾巴垂在地上。

季白默默看着他的背影，待一曲终了才道："狐狸是真狐狸，算的却不准，初七过了，良缘在哪里？"

小狐狸放下笛子，淡淡笑道："小姐姐在人类中算得上数一数二的聪明，对良缘二字的认识怎么也如此局促？百年好合是良缘，情同手足又如何不是良缘？"

季白一怔，小狐狸又道："常人都道结为夫妻乃是修成正果，可世间夫妻，欺瞒背叛者有之，恃强凌弱者有之，贪得无厌者有之，大难临头各自飞的就更多了，虽说同床共枕，反倒不是良缘。你们两位虽无姻缘之合，但手足之情不虚，事业上又彼此助益，大可同甘共苦，做出一番成就。依我所见，这便是人间良缘。"

季白望着阿城侧脸，总归是彼此搀扶着度过了最难挨的少年时光，往后余生，便再难遇到这样的人。

她少年时见惯大人婚姻中的鸡毛琐碎，长大后叛逆地一心想要证明自己可以不落俗套。她认真谈了两次恋爱，第一次奔着感情去，结果被骗了钱，第二次奔着钱去，结果陷进感情。第三次什么也不想，全凭直觉闪婚，结果三天的婚姻，倒尽一辈子胃口。阿城在她心里是别样位置，当她知道他们之间绝无男女之情的可能，绝不会陷入那种糟糕的关系里去，她由衷地感到轻松释然。他们最好永远是朋友，是手足，是失而复得的天赐良缘。

案几上的酒换成了茶，小狐狸仍在檐下吹着竹笛，悠悠如诉。季白道："以前听人说月老座下徒弟都是狐狸，常常奉师命四处替人牵红线，难不成是真的？我要是你，就先近水楼台，给自己选个喜欢的。"

小狐狸笑道："哪有这等好事。那些动了凡心的，早就落入红尘做人去了，哪里还当得了狐仙。"

季白道："你这么好心帮我，真是为了一锅油鸡？"

"那当然，受人之托，忠人之事，我很敬业的。"小狐狸一本正经。他这副神情倒反让季白起了疑。躺椅上的阿城睡梦中翻了个身，毯子落在地上，小狐狸见了，将它拾起，重新盖好。季白见他手中竹笛，脑海中忽然灵光一闪，啊……难怪！

“阿城比赛被淘汰那天，隔着马路吹笛子的是你！”

小狐狸大窘：“我不是！我没有！别瞎说！”

“你这么费心，才不是为了给我找姻缘，是为了给他找个依托！”季白抓住他胳膊，“还说不是！”

“别拉拉扯扯！沾了人气，师傅会发现的。”小狐狸连忙抽回袖子，一脸狼狈。

季白全明白了。下山的小狐狸游荡人间，偶然间听到阿城的歌，如闻仙乐，念念不忘。见阿城艰难跋涉，小狐狸便想尽法子，将他托付给自己。

“为什么不告诉他？”季白问。

小狐狸脸上一阵红白：“知音知己，君子之谊，有什么好说的。”天色微明，他看看季白，逞凶道：“你要敢去说，让你下辈子都单身！”再看看阿城，又道：“我该回去啦。这趟溜出来，听到你的歌，不枉此行。”

“如果有一天他真的开了演唱会——”季白也不知道这个可能性有多大。

“我会来的。”小狐狸说。

温润的东风拂过花树，落花如雨，飞向檐下，迷蒙了季白视线。她觉得双眼干涩，身子僵硬，睁开眼睛，发现自己正坐在老街街口的长椅上，阿城靠着椅背，还在熟睡。

清晨的老街空空荡荡，他们面前是那家“百年老秤”的铺子，带吊篮的大秤立在一旁，上面停着两只麻雀。他们身上盖着一块店铺用来挡风的毡布，脚边是昨夜喝完的空啤酒瓶。

阿城也醒了，茫然四望：“我的天，我们在这里睡着了？疯了，竟然没冻死。”

季白揉揉脑袋，并没有宿醉的头痛，也没有在外面冻了一夜的寒冷。她想起他们本来是要来找这家店的麻烦，结果店铺关着门，灯会又热闹，他们就在老街上玩了一夜，从街头疯到街尾，跑进每家开着的店喝酒。

“我记得你在马路上唱歌。”季白说。

“不可能。”阿城说，“我记得你捡了砖头要打人。”

“没有这回事。”季白也不承认。

“哎呀！你的飞机！”阿城忽然想起来。

季白望着阿城：“你是不是读了音乐学院，还参加过歌手大赛？”

阿城一呆：“不会吧，我连这些都说了？”

“唱得不错，”季白胳膊一甩搭在阿城肩头，差点把他拍了个踉跄，“回去收东西，把店转出去，跟我走。”

“做什么啊？”阿城问。

“做我小弟。”季白说，“去不去？”

阿城笑，伸手摸摸后脑壳：“只要班长不嫌弃。”

洒水车的声音由远而近，卖早餐的店铺也开了门，飘来鲜香热辣的味道。

“能不能吃了粉再走啊？”阿城问。

“走走走，盖双码。”季白说。

少年时未竟的事，余生里总归要完成。他们并排往米粉店走去，好像要在三十岁的年纪开始崭新的旅途。

本市精怪商铺指南

*一切情况以店内实际消费为准

黄记鸡汤面

中关村的互联网公司向来以加班著称，忙到夜里九、十点钟才下班也是常事。写字楼彻夜不眠，周围的小饭馆们也纷纷起做宵夜生意，其中有一家卖鸡汤面的小摊，其实是黄鼠狼经营的。

这个小摊没有铺面，只有一辆小推车，前面挂一个写着“面”字的招牌。推车上两个炉子，一个烧水煮面，另一个熬着鸡汤。炉子旁边两只圆的小竹篮，一只装葱花，另一只装香菜，前面一字排开四个小罐，分别装着蒜泥、红油、醋、酱，后面一只竹篓放钱，只收硬币。

照管小摊的是个沉默寡言的中年男人，身体修长，脸颊瘦削，头发短簇，据说就是黄鼠狼本人。每到夜里九点钟，他就独自推着小推车出现在地铁站 A 口左边的第一个路灯下，点上炉子，烧水煮面。结束加班的人们神情疲惫，在钻进地铁入口之前，常常会停下脚步，吃一碗现煮的鸡汤面。

黄鼠狼的鸡汤面货真价实，煮面的手法也是一流的：两根半米长的竹筷在滚水中搅拌，一绕两绕，盘起一团细面，放进碗中，然后手持铜勺，在鸡汤锅里一翻一提，捞起整整半只嫩鸡，扑到面上，最后依据客人要求撒上葱花香菜蒜泥红油，再舀一瓢滚烫的鸡汤浇下去。一碗面的价格九块九，客人给十个硬币，摊主找一个角子。

鸡汤面摊每天晚上准时营业，风雨无阻。下雪的时候摊主就支起一小片篷布，给客人一角遮挡。没有人说得上来面摊每晚营业到几点，不管人们加班到多晚，只要黎明的第一缕晨光没有出现，摊主总在那里等候下一位客人。

鸡汤面的摊主有可能是黄鼠狼这件事，是附近写字楼里公开的秘密。最开始让人觉得特殊的是那两只铁锅：熬鸡汤的锅虽然小，但里面总有半只鸡，捞也捞不尽；煮面的锅虽也不大，但里面总有翻腾的细面，吃也吃不完。话是这么说，但毕竟没有谁会在工作了十二个小时之后，还守着一个小摊去数锅里到底捞出来了多少只鸡，所以并没有真凭实据。

有人想跟摊主套话，问：“老板贵姓？”

摊主低头煮面，回答说：“黄”。

于是大家信了，在心里暗自庆幸。黄鼠狼这一类本来就有经营鸡汤面的传统，能吃上黄鼠狼做的鸡汤面多么难得啊。而且不管加班到多晚，都有人煮好了面在等，是不是黄鼠狼又有什么重要呢？

久而久之，大家都习惯了黄鼠狼和鸡汤面的事，彼此心照不宣，谁也不再开口去问，担心摊主因为暴露了身份，不再出现。此外，知情者们也默默在心里达成共识：不把这件事透露给外人，以免这个秘密被更多人发现，给小摊造成困扰。

因此，至今知道中关村那一带有黄鼠狼卖鸡汤面的人仍然不多。如果有人想要去的话，注意低调一点儿，并且记得提前备好硬币就是了。

变色龙照相馆

这家照相馆是老字号了，总店开在前门大街。店里没有华丽的置景，也没有丰富的服装，更不提供化妆造型，要拍照的顾客穿上整齐的衬衫、西服、旗袍、中山装，端端正正地往镜头前一站，咔嚓，就照好了。一张照片收一张照片的钱，绝不推销套餐套系，也没有相册出售。十天之后本人取相，拿到的是一张整整齐齐的老式相片，一角留着“前门照相”的楷体小字，外面围着一圈漂亮的花边。虽然也有不少影楼想要模仿这种怀旧的调调，但总是拍不出这家店的神韵，后来也就作罢了。

听两个刚从警校毕业不久的朋友说，那家照相馆的背景布其实是变色龙。他们是去拍证件照的时候无意间发现这个秘密的。

“照相馆不是都有一卷不同颜色的背景布吗？比如证件照是蓝色底，结婚照是红色底，护照照片是白色底，客人要照哪一种，就拉下相应颜色的背景布。我去照的时候发现他们根本没有那种卷布，就是一面白墙。”大奇绘声绘色地说。

大奇学的是刑侦，观察力非常敏锐。一开始他也觉得奇怪，但摄影师只叫他不用操心，坐下就好。于是大奇趁他摆弄器材的时候凑近墙边仔细一看，竟然趴着一墙的变色龙。

“摄影师说要什么底色，它们就变什么颜色，难怪让我不用操心！真是让人汗毛倒竖。”大奇说。

大奇回宿舍以后，把这事儿跟小奇说了。小奇和大奇虽然是哥儿俩，但两人性格不同，专业也不同。小奇半信半疑，也走进了照相馆，要求拍一张蓝底证件照。

摄影师让小奇坐到椅子上，开始调试机器。小奇注意到，墙上果然没有背景布。

“咦，你们这儿怎么没有背景布？”小奇问。

“您甭管，我们这儿底色都是后期用修图软件加上去的。”摄影师胸有成竹地说。

小奇正准备趁他不注意，凑到墙上看个清楚，摄影师忽然发话了：“这位先生，您摘一下眼镜儿！标准证件照我们建议您不戴眼镜儿。”

刑侦专业的大奇视力堪比飞行员，网络安全专业的小奇却是个近视眼。摘掉眼镜之后，尽管墙壁近在咫尺，小奇还是什么都看不清。只见白光一闪，照片照好了。

“您到这边来看看成片。”摄影师客气地给小奇引路。电脑屏幕上显示出小奇的大头证件照，然而蓝色背景意外地空了一小块，露出白底。还没等小奇发问，修图师傅立刻转开屏幕说：“有点小瑕疵，马上就好。”

虽然修图师傅动作很快，戴上了眼镜的小奇却看得清楚：空出来的一小片白墙，正是一只变色龙的形状。

修图师傅熟练地操作了几个快捷键，又把屏幕转回小奇面前。原来空白的那一小块背景已经补上了和周围一模一样的蓝色，完全看不出什么了。

“最后你揭穿他了吗？”大奇问。

“当然没有，那人家多不好意思呀。”小奇腼腆地笑了笑，“我出门的时候还听见修图师傅跟摄影师抱怨呢。”

“抱怨什么？”

“他说：跟你说了多少次，新来的那小子靠不住，一上班就打盹，你看，又掉下来了！好在顾客没发现。”小奇说完，我们都哈哈大笑起来。

为什么不直接用背景布，而要雇变色龙呢？其中的道理谁也不知道。前门那一带有很多老胡同老建筑，有些事情是很有渊源的，百年老店总是藏着很多秘密，也许变色龙才是这家店真正的主人，那也不是没有可能。

“既然有这种特色，不如放到社交媒体上宣传一番。不是有好几个店面靠这类炒作红火了起来吗？”大奇说。

确实如此。不过，那些网络上红火的“精怪店铺”其实大都只是噱头，真正的精怪店铺都是这样低调的啊。

稻香蛙汤

“稻香蛙汤”听起来像个菜名，实际上是怀柔那边一个有名的温泉。大部分温泉都喜欢营造冰天雪地里一池暖汤的想象，蛙汤却与众不同，无论一年四季，这家汤池永远是夏天。

从城区出发去往蛙汤可以从东站坐绿皮小火车，到怀柔站下。这种小火车专门往返郊区和城区之间，非常方便，但列车时刻表上通常只有白天的车次，想去蛙汤的话要搭太阳下山时的那趟才行。到站之后注意旁边来接站的蛙汤员工，他们一般穿深绿色衣服，戴浅绿色小帽，手里提一盏灯笼，眼阔嘴宽，很好辨认。

无论什么时候到访蛙汤，晴朗的天空下总是一片青翠水田，禾苗茂盛，稻花雪白，鱼虾欢腾。水田中散落着数个茅草屋棚，棚下便是温泉。这里的泉水都是活水，叮咚作响，潺潺不绝，白天凉爽舒适，夜间温润怡人，虽然没有蒸桑拿的效果，但是提神解乏，客人泡完神清气爽，心中阴霾也一扫而空。

蛙汤最有名的是“夏夜汤”。夏天的夜晚，明月高悬，星辰寥落，清风徐来，蝉鸣阵阵，间或宿鸟飞起，羽翅声声。在辽阔的天幕之下，温润的清泉之中，或畅谈，或小憩，还有蛙汤员工不时送来大块本地西瓜，清甜沁人。汤池与汤池之间的空地上，有厨师为客人烤鱼，也有员工领着客人的孩子去田里捉泥鳅、钓螃蟹。总之，只要到了蛙汤，就尽管享受夏夜，不必为其他事情操心了。

在有萤火虫的晚上，蛙汤的员工们通常会即兴来一段夏夜合唱。初来乍到的客人以为这是重头戏，满心期待地去听，结果刚听了个开头就一哄而散，能听完全程的寥寥无几。不得不说，青蛙们的合唱真是震耳欲聋，让人头疼。以至于每到有萤火虫的夜晚，一看到蛙汤员工们就地站定，准备引吭高歌，客人们就哗哗地从池子里跑出来，匆匆围上毛巾，四散落荒而逃，满地都是他们来不及穿走的拖鞋。还有一些不熟悉情况的摄影师，本来好好地架着摄影器材准备拍摄夏夜萤火虫，结果被四面八方突然出现的蛙鸣吓得丢盔弃甲，三脚架都来不及收就跑了，可以说十分狼狈。

曾经有人问蛙汤的员工："为什么不取消这个合唱呢？"

"少了蛙鸣，怎么能叫夏夜呢？"对方礼貌地回答。

于是大家也就默许了这件事，并且从中发现了新的乐趣：每到有萤火虫的夜晚，经验丰富的老顾客们早早躲在一旁，谁也不透露半点风声，专门等着看新来的顾客们惊慌失措的样子。只要青蛙们开始合唱，老顾客们便一边在檐下哈哈大笑，一边挥着双手对田地里乱窜的客人们高喊：快躲这儿来！大家都抓着毛巾争先恐后地往屋檐下冲刺，蔚为壮观，跑在最头的前三名还可以得到一张免费的蛙汤门票，可以随时再来。蛙汤一票难求，被捉弄的客人就算原本要发火，此刻也都转怒为喜，得意扬扬了。

其实蛙汤提供的一切并没有多么稀奇，客人们喜爱这里，无非是喜爱回忆中无忧无虑的夏夜，喜爱那些一去不复返的时光而已。

仙鹤堂养生馆

南城一带有些历史悠久的中医按摩店，师傅们手艺好，性格又和善，很受街坊们认可。其中有一家叫作“仙鹤堂”的，口碑却两极分化得厉害，喜欢它的人把它夸得神乎其神，痛斥它坑蒙拐骗的也大有其人。

这家店在虎坊桥附近的一条小胡同里，离琉璃厂不远。那条街上都是灰砖古建，仙鹤堂就在南货小卖部和炸酱面馆中间，门脸很简朴：绿漆大门框，棉布厚门帘，玻璃上贴几个红字，左扇写着“针灸、按摩、拔罐、艾灸”，右扇写着“望闻问切，开方煎药”。正屋进去几张床位，窗下一只透明鱼缸，墙上高悬两面锦旗，一写“妙手回春”，一写“药到病除”。

经营仙鹤堂的是两位中医，一位叫梅先生，一位叫何大夫。梅先生温润端方，何大夫潇洒飘逸，两人师出同门，清雅俊秀，正值年华，令人一见难忘。

仙鹤堂的按摩有自己的讲究。先让客人俯卧，盖上一块布单，梅先生双手将人从头到脚一扫，客人的状况便了然于胸。接着，他将艾灸草药放进铜坠，轻轻摇动，让药力和热气透入肌肉经脉之中。都说梅先生有一双扁鹊之手，不用问诊，就能将客人不适之处找准，又说他的草药此处独有，每每点燃，客人就神思飘散，魂游千里。药灸过后，再是按摩。梅先生手指纤长，骨节分明，按在肌骨，力透三分。经他按摩过的颈椎腰椎，自然回到原位，经他按过的肩膀，多年顽疾大为缓解。等按摩结束，梅先生便将几只透明火罐扣在客人背后，以拔罐结束整个过程。待药香散去，客人醒来，只觉得耳清目明，浑身轻松，脚下如飞。不仅如此，连头疼脑热、心慌失眠也一并好了。因此，梅先生素有盛名。

何大夫就不一样了。客人来了，他只抄手站着，下巴一指按摩床："趴下。"不待客人趴好，他抄起白布单就将人一阵扑打，然后点燃草药胡乱一滚，将人呛得涕泪横流，再把人狠狠敲打一顿。如果请他号脉开方，那就更加惊人，据说他曾让人"以十斤地瓜为药引"，还曾让人"连醉三天百病全消"。

这位何大夫根本无心医药，成天只想游山玩水，怡然自乐，常训斥客人说："倘若少些操心上火、汲汲营营，哪里会来这么多毛病！”于是，客人被打了一顿不说，还要挨一顿好训。

曾有人愤愤不平地想劝梅先生自立门户，解雇何大夫，却被梅先生斥责了一通。何大夫虽然对客人没有好脸色，对梅先生却言听计从。久而久之，大家也不好再说什么了，只要何大夫能把梅先生照顾好，留得这位神医在，大家也就不与何大夫计较。

传言仙鹤堂用来针灸的银针是豪猪刺，用来拔罐的工具是鱼缸里的水母，每次用完又扔回鱼缸。至于两位大夫到底是何来历，谁也说不明白。美术馆传达室的老查退休多年，时常光顾附近的医馆，曾经说起过这样一件往事：曾有一幅宋代古画离奇失踪，说离奇，是因为失踪的并不是画本身，而是画上的一株梅树、一只仙鹤。因这一梅一鹤栩栩如生，这幅画被奉为珍宝，几百年来历经皇家收藏、战火流离，先后落入收藏家和文物贩子之手，又险些遭遇偷渡走私。就在拍卖前的晚上，画中的梅与鹤仿佛有了生命，离开画卷，飘然而去。这件事至今还是一桩悬案。众人听了，虽然觉得离奇，却也认为是真的。不管怎么说，仙鹤堂的事算是有了一个解释。

光顾仙鹤堂的客人都盼望自己能遇上梅先生，不要遇上何大夫，可这件事完全凭运气。实际上，求医问药确实也有三分运气在，生死病苦，哪里又有什么定数呢？再说，梅大夫治的是肌骨之疾，何大夫治的却是心病，两人医术高低，其实不相上下啊。

狐猴酒馆

朝阳公园西门外有一溜店面，其中一家叫作“侯记米糕”的，是狐猴开的店。

这家店门脸很小，夹在一排新派餐厅和高级夜店之间，既不起眼又不搭调，却和鲍师傅糕点、五道口枣糕、虎坊桥炸糕一起，并称城区四大糕王，深受欢迎。

侯记米糕店只卖一样东西：甜酒米糕。米糕切成二指宽的菱形，雪白润泽，面上铺几道青红细丝，虽然模样寻常，胜在香气醉人。因为采用甜酒发酵，每到米糕出锅时刻，轻柔的酒香便如风卷细雪，飘满半条长街。米糕内部蓬松极了，一口下去，就像加班之后扑进羽绒枕头，吃完之后两只手上还留着淡淡酒香。

这家店开了很多年，价格几乎没变。甜酒米糕十块钱三斤，每天午后开门，黄昏关门，但凡营业的时间，门口总是排着长队。人们以为米糕是店里的镇店之宝，实际上并非如此。狐猴的专长是酿酒，米糕也好，米露也好，只是它们酿酒过程中顺带生产的东西。

狐猴们真正的生意，是地下酒馆。

众所周知，米糕店是个“过道门面”，这种寒酸小店最大的秘密是两头有门，分别临着两条街。每到夜幕降临，卖米糕的一头关了门，卖酒的一头就开了门。不起眼的小巷子里，木门上亮起一只昏黄的灯泡，“狐猴酒馆”几个字隐蔽而潦草。沿着陡峭的楼梯往下走几步，面前突然开阔，就是酒馆了。

高高的穹顶之下、宽阔的大厅中央，整齐地摆放着一排厚重的胡桃木长桌，一字形的细长灯管在桌面洒下昏黄的光线，与其说是酒馆，不如说更像图书馆。正对入口的是一面壮观的酒墙，由整整齐齐、巴掌大小的木头格子组成，每个格子的面板上都写着一种酒的名字，每个格子下面都配有一只精巧的水龙头。客人想喝哪种酒，把杯子伸到哪个龙头下面接一杯就是了。

没人知道这么大一间屋子到底有多少木格，也没有人知道狐猴到底能酿出多少种味道的酒。草木花果、稻米杂粮自不必说，六畜五牲、虾蟹海贝、腌肉熏鱼、葱姜蒜辣，也能做酒。这还不算，山风雨露、江河湖海、四时云霞、喜怒哀乐，皆可入喉。在这万千储酒格里，有“雪夜访戴”就有“月下出逃”，有“皇城落日”就有“银河漫游”，有“竹林春晓”就有“大漠孤刀”……

狐猴酿酒的本事天下第一，却并不是多么可靠的动物，经常把“豆汁精酿”放进“曲苑风荷”的格子，要不就是把“苏州甜茶”弄成了“重庆锅底”。它们上班时间经常醉醺醺的，走路东倒西歪，既无法给客人们上酒，也算不清客人该付多少酒钱，只得采用自助的方式：买酒不按杯算，而是按“月亮”交钱。酒馆客人进门时交一份钱，领一只杯子，便可以持杯通宵畅饮，从月亮升起到落下，无论喝多少都行。

初来者大多认为风味独特、品种齐全是狐猴酒馆最大的特色，然而它与其他酒馆最大的区别并不在此。世上绝大多数酒馆是为了聚会和热闹，狐猴酒馆却为了那些独处之人而设。

长桌两侧，一个个座位独自面向桌子，座位与座位之间并不紧邻。虽然有沙发，但都是单人扶手椅，没有围桌而坐，更没有包厢可言。客人们沉浸在各自的世界里，阅读、写作、看电影、画图、发呆……既不想被打扰，也不想打扰别人。

狐猴酒馆有时静谧低沉，有时喧嚣热闹。它不像酒馆，更像可以喝酒的图书馆，只不过比图书馆多了一点儿自由。在这孤岛般的世界，能有一处所在让人独自沉醉，又能在此遇到口味相似的陌生人，便是狐猴酒馆的好处。

至于为什么要在楼上卖米糕，楼下卖酒，狐猴们也有自己的解释："白天吃饱肚子，晚上肆意梦游，才是值得过的日子啊。"

图书在版编目（CIP）数据

朝阳南路精怪故事集 / 康夫著. -- 海口 : 南海出版公司, 2023.5
ISBN 978-7-5735-0377-0

Ⅰ. ①朝… Ⅱ. ①康… Ⅲ. ①短篇小说－小说集－中国－当代 Ⅳ. ①I247.7

中国版本图书馆CIP数据核字（2022）第212000号

朝阳南路精怪故事集
康夫 著

出　　版　南海出版公司　(0898)66568511
　　　　　海口市海秀中路51号星华大厦五楼　邮编 570206
发　　行　新经典发行有限公司
　　　　　电话(010)68423599　邮箱 editor@readinglife.com
经　　销　新华书店

责任编辑　侯明明
特邀编辑　杨　奕　陈梓莹　王心谨
营销编辑　李　畅　李清君
装帧设计　韩　笑
内文制作　张　典

印　　刷　山东韵杰文化科技有限公司
开　　本　787毫米×1092毫米　1/32
印　　张　7.5
字　　数　116千
版　　次　2023年5月第1版
印　　次　2023年10月第2次印刷
书　　号　ISBN 978-7-5735-0377-0
定　　价　49.00元

ON
off

ON
off